UN MILLIARDAIRE SINON RIEN, TOME I

JULIA KENT

UN MILLIARDAIRE SINON RIEN, tome 1

Julia Kent

Quand le milliardaire Declan McCormick rencontre la cliente mystère Shannon Jacoby, la main au fond de la cuvette dans les toilettes des hommes de l'un de ses magasins, c'est le coup de cœur. Mais peut-on vivre d'amour et d'eau sale ? Une nouvelle comédie romantique hilarante par Julia Kent, auteure de best-sellers au classement du *New York Times*.

Inscrivez-vous à ma newsletter pour tout savoir des parutions et des promotions, sur https://geni.us/FRJKnl

Je mange mon neuvième bagel à la cannelle et aux raisins accompagné de fromage frais au raifort de sirop d'érable et d'une pâte à tartiner au chocolat et à la noisette.

Ne me jugez pas.

C'est mon boulot de manger ça.

On est lundi matin, il est 9 h 13 précisément, et le type derrière le comptoir, Mark J., met précisément dix-sept secondes pour se rendre compte de ma présence. Il propose alors de m'offrir un mocaccino plus grand, ce que je refuse gentiment, et en vingt-trois secondes, j'ai entre les mains mon bagel à la cannelle et aux raisins accompagné de fromage frais au raifort de sirop d'érable et d'une pâte à tartiner au chocolat et à la noisette, tout chaud.

Je paie les 10,22 $ avec un billet de 20 $ et il me rend correctement la monnaie, me tend le ticket de caisse et me montre une enquête que je peux remplir pour avoir une chance de gagner une carte-cadeau d'une valeur de 100 $ utilisable dans cette chaîne de restaurants.

Une enquête ? Mon vieux, j'enquête sur toi *en ce moment même*.

Non, je ne souffre pas de trouble obsessionnel compulsif, bien que cela puisse être utile dans mon métier. Je ne suis pas détective privée, et je n'ai pas de tendance malsaine consistant à harceler Mark J., qui vient de perdre des points en appelant un client, puis manipulant de l'argent et omettant de se laver les mains avant de préparer le bagel du client suivant.

J'ai un mouvement de recul face au mien.

Je suis une cliente secrète. Une cliente mystère. Ou comme m'appellent les vendeurs et les gérants des magasins dans lesquels je me rends régulièrement : le Mal incarné.

Pour toi mon vieux, c'est Mlle Mal incarné.

C'est *vraiment* mon métier de m'asseoir là par un lundi matin ensoleillé, dans la neuvième chaîne de magasins de la matinée, commandant la même chose encore et encore, buvant le même mocaccino et faisant glisser un thermomètre dans le liquide chaud pour m'assurer que la température est comprise entre 76 et 82 degrés.

J'essaie de faire en sorte de ne pas passer pour une cliente bizarre, le genre qui communique avec les extraterrestres avec son gobelet, ou qui emmène son mini chihuahua manger un croque-monsieur et laisse le chien lécher l'assiette.

Je suis tout aussi bizarre, sauf que je suis *payée* pour ça.

Ma meilleure amie et collègue, Amanda, a créé un petit thermomètre qui ressemble à s'y méprendre à une touillette à café.

Je le glisse par l'opercule et en soixante secondes, je suis fixée !

Soixante-dix-huit degrés. J'attrape mon téléphone et je fais semblant d'envoyer un SMS. En réalité, j'ouvre mon application d'évaluation pour saisir les réponses aux 128 questions auxquelles je dois correctement répondre.

J'entre mon nom (Shannon Jacoby), la date du jour, l'adresse du magasin, si la poubelle de l'entrée était propre (elle l'était), si les tapis de l'entrée étaient propres (c'était le cas), le nom du vendeur qui m'a servie (Mark J.). On y trouve presque toutes les questions possibles et imaginables, à l'exception de ma position sexuelle préférée (ça ne vous regarde pas) et du premier jour de mes dernières règles (qui s'en soucie ? Ce n'est pas comme si je risquais d'être enceinte. C'est assez peu fréquenté, en bas…).

Ai-je mentionné que c'est déjà mon neuvième magasin de la journée ? J'ai commencé à 5 h 30. J'en ai vraiment, vraiment assez des questionnaires, et j'ai ma dose de cannelle. Cent vingt-huit questions à multiplier par neuf magasins égalent une bonne vieille crise identitaire et un palais qui n'arrive plus à distinguer raifort et mocca.

Ce n'est pas de ma faute. Je travaille pour une entreprise de gestion de clients mystères. Mon travail est donc de trouver des gens pour faire ce que *je* fais. Il y a de cela un an, alors que j'étais encore une étudiante en commerce au teint frais tout juste diplômée de UMass avec un prêt étudiant sur le dos de 50 000 $ à l'âge avancé de vingt-trois ans, cela semblait être le poste rêvé.

Vous savez, ces pubs en ligne pour « être payé pour acheter » ?

Eh bien, c'est vrai. Ça existe. Vous pouvez vraiment

vous inscrire en tant que client mystère auprès de plusieurs entreprises de marketing, et une fois que vous avez passé les tests de base, vous pouvez postuler à des missions. Ma mission actuelle couvre les frais de 10,22 $, vous permet de déguster gratuitement sandwich et latte, et d'obtenir la modique somme de 8 $ environ un mois après avoir déposé votre rapport de client mystère dans notre bureau.

Et les gens *font la queue* pour faire cela.

Sauf que… parfois, les responsables ne trouvent personne pour remplacer un désistement de dernière minute. Je suis employée à temps plein (ce qui veut dire que je peux garder le sandwich, mais pas les 8 $ gagnés dans chacun de ces neuf magasins en cette belle matinée ballonnée).

L'une de nos clientes les moins fiables, Meghan, m'a envoyé un SMS à 4 h 12 pour me dire que la licorne verte et violette de son Hummer volant et étincelant lui avait dit de ne plus manger de bagels, et qu'elle ne pourrait pas ingurgiter neuf – NEUF ! – petits déjeuners pour des motifs religieux.

Très bien… Quelqu'un avait visiblement mangé autre chose que des bagels à la cannelle et aux raisins la veille au soir, et ça devait impliquer un certain type de champignons.

Cela me laissait une heure et dix-huit minutes pour trouver un remplaçant, ce qui veut dire – vous avez compris – que j'ai dû m'y coller.

J'ai sauté du lit en catastrophe, j'ai imprimé la liste des magasins de Meghan, j'ai préparé mon itinéraire et mon plan, et je me suis apprêtée à vivre ma plus grande opération de cliente mystère depuis…

Depuis que je me suis fait jeter par mon ex-petit ami l'année dernière. Steven Michael Raleigh a décidé, après avoir obtenu son master de gestion, qu'il avait besoin d'une potiche qui pourrait papoter avec tous les snobs du quartier de Back Bay à Boston.

Et moi ? Une fille de Mendon avec une simple licence en poche qui travaillait comme « une vulgaire balance de fast-food ». Ça ne lui convenait pas, et il m'a quittée.

Je me retrouve donc assise dans ce petit café de West Newton, attendant de pouvoir entrer dans les toilettes des hommes. Vous avez bien entendu : les toilettes des *hommes*. Ai-je mentionné que je fais du D ? Je ne passe donc *pas* inaperçue dans les toilettes des hommes.

Ce sont les *neuvièmes* toilettes des hommes que je visite ce matin. Le moindre recoin du magasin doit être évalué, y compris les toilettes. Quand vous avez vu un urinoir, vous les avez tous vus… sauf que ce n'est pas comme ça que ça fonctionne lorsque vous évaluez un magasin en tant que client mystère.

Dix-neuf questions sur la propreté et le service client attendent mes réponses. Sur l'application de mon smartphone.

Et si je n'entre pas dans les toilettes des hommes ?

L'évaluation sera considérée comme un échec. Je frissonne. Échouer est pire que de manger neuf bagels à la cannelle et aux raisins avec raifort et sirop d'érable, car lorsque vous travaillez dans mon domaine, échouer équivaut à un rendez-vous raté avec un milliardaire.

Qu'importe ce qui a mal tourné, c'est toujours, toujours de votre faute.

En parlant de milliardaires, *salllluuut* Christian Grey.

Voilà que rentre un homme vêtu d'un somptueux costume bleu gris qui doit coûter plus cher que ma vieille berline Saturn bringuebalante. Les fibres du vêtement donnent l'impression qu'il lui suffit de claquer des doigts pour qu'elles épousent la forme de son corps, car il en a le pouvoir. Un corps svelte avec un torse plat et effilé, et *oh !* sa veste est déboutonnée. Elle laisse apercevoir une chemise d'un blanc immaculé, coupée sur mesure, qui lui va comme un gant.

Si j'étais dotée d'écholocation, je pourrais cartographier ses abdominaux par la simple force de mon esprit. Le relief de son corps sculpté est censé être cartographié de la même manière que le braille est destiné à être lu.

Avec le bout de mes doigts.

Des parties de mon corps qui étaient plongées dans un coma artificiel depuis ma rupture avec Steve se réveillent, tandis que je le regarde serrer la main de Mark J. Je ne peux m'empêcher de remarquer sa poigne ferme, les poils châtains entourant sa montre en or. Certaines parties de mon corps qui sortent de leur léthargie n'avaient plus rien ressenti depuis les soirées étudiantes de UMass.

Puis il ouvre la bouche et demande à Mark J. :

— Comment ça va ce matin ?

Fumée liquide, whisky, soleil et musc se dégagent de cette bouche au ton enjoué et sensuel, et tout mon corps me donne l'impression de me tenir sous une cascade de *oh, ouiiiii*.

Le temps semble ralentir autour de moi. Mon champ de vision se rétrécit et je ne peux détacher mes yeux de M. Costume Sexy.

Mark J. répond dans ce qui semble être du klingon, et ils rient. De magnifiques dents blanches, impeccablement alignées et des joues où naît une fossette – *une fossette !* – me font encore plus craquer pour M. Je-te-Ferai-Une-Omelette-Le-Matin-Vêtu-De-Ma-Seule-Veste-De-Costume.

Je baisse les yeux et je manque de vomir en apercevant sur mon t-shirt déchiré des restes d'omelette. De la veille. Je renifle de cette façon qu'ont les gens qui essayent de donner l'impression qu'ils ne sont pas *si* dépourvus d'hygiène que ça. Comme s'ils ne savaient pas qu'ils offensaient la moitié de la côte est.

Mince. C'est le cas.

Mon téléphone sonne. Les gens autour de moi me regardent alors que je fixe l'écran, abasourdie. Je vois mon reflet ouvrir la bouche et je réalise que mes cheveux sont encore attachés en un chignon lâche sur ma tête. Est-ce que j'ai mis le chouchou *My Little Pony* de ma nièce ?

Waouh, je suis vraiment partie précipitamment ce matin. Être considérée comme une fan de la série par un enfant de sept ans à qui il manque les deux dents de devant m'a valu le surnom de « Tante Thannon Tholeil Thintillant ». Je souris en y repensant.

— Allô ?

En général, personne ne m'appelle. On m'envoie toujours des SMS. Et ce numéro n'est pas dans mon répertoire. Je ne connais pas cette personne.

— Shannon, c'est moi.

Amanda. Ma collègue. Ma meilleure amie. Mon épine dans le pied. Un téléphone qui sonne est une anomalie de nos jours. La plupart des gens se contentent d'envoyer des SMS comme des zombies. Quant à moi, j'ai une amie de vingt-quatre ans qui utilise son téléphone comme en 2003.

— Pourquoi tu as un nouveau numéro ?

— Greg m'a fait prendre un forfait moins cher.

Greg est notre patron. À côté de lui, ces folles des coupons qui achètent pour 400 $ de courses et ne paient que 4,21 $ grâce à 543 bons de réduction pourraient bien passer dans *Lifestyles of the Rich and Famous*.

— Ha. Tu aurais pu répondre lorsque j'ai appelé ce matin pour m'aider à réaliser ces satanées missions pour les bagels, je murmure. Je vais baptiser mon reflux gastrique Amanda raifort au sirop d'érable en ton honneur.

— Oh, mon Dieu ! Tu as fait les missions.

Un étudiant très attirant entre, vêtu d'un t-shirt de l'équipe de lacrosse. En lorgnant ses jambes, je regrette d'avoir mis mes sous-vêtements confortables au détriment de mes sous-vêtements sexy. On pourrait aller à la pêche à la mouche dans ces culottes de grand-mère.

Mes yeux ne peuvent pas s'empêcher de passer de l'étudiant à Christian Grey. Huit magasins de bagels, et au bout du neuvième, Dieu offre à Shannon un large éventail d'hommes séduisants.

— Tu as fait *toutes* les missions ?

La voix d'Amanda se situe entre un sifflet pour chien et une alarme incendie. Elle me tire de ma rêverie alors que M. Costume Sexy passe devant moi. Je me surprends à humer l'air tel un animal en chaleur. Ce que je suis un peu tout à coup.

Il sent comme un week-end à Stowe dans un chalet privé avec des skis posés contre le mur, un feu qui crépite dans une cheminée en pierre qui s'étend du sol au plafond, et une peau d'ours d'une douceur incroyable contre un corps nu.

Même les parties qui sommeillent.

Surtout celles qui sommeillent.

Je peste :

— J'en suis à la neuvième là, mais tu grilles ma couverture. Et tu m'es donc redevable. Tu devras te taper les évaluations des pédicures-podologues le mois prochain.

Les cabinets de pédicure-podologue n'ont rien de très sexy. Mon esprit me force à y penser pour me calmer. Les pieds. Les orteils en marteau. *Beurk*. M. Costume Sexy sort par la porte d'entrée, un café à la main.

J'ai envie de crier. *Vous avez oublié de me laisser lécher vos boutons de manchettes.*

— Ce n'est pas juste que je me tape tous les oignons ! proteste Amanda.

Eh oui, les clients mystères évaluent les pédicures-podologues. Les docteurs, les dentistes, les banques, et même…

— Tu peux t'occuper des sex-shops, dis-je, me mordant la lèvre après coup.

Je la sens rougir à travers le téléphone. Ou peut-être cette chaleur provient-elle de mon propre corps, tandis que je me penche sur la gauche pour apercevoir M. Sophistication.

— Va pour les oignons, répond-elle sèchement. Passe au bureau quand tu as fini. Il faut qu'on parle. On a un gros contrat qui dépend du succès de ces magasins de bagels.

Elle marque une pause.

— Et *pas moyen* que je fasse le tour de ces magasins d'articles conjugaux !

Clic.

CHAPITRE 2

Dix-neuf questions m'obligent à emballer ce qu'il reste de mon sandwich, à jeter mon latte à moitié plein, et à me diriger avec assurance vers les toilettes, les mains tremblantes à cause du surplus de caféine. Qu'importe si, dans ma précipitation de quitter la maison, j'ai oublié d'enlever mon pantalon de yoga et mon t-shirt déchiré.

Je baisse les yeux. Je porte deux chaussures d'un bleu différent. Ce qui ne serait pas réellement problématique si l'une d'elles n'était pas ouverte au niveau des orteils.

Qu'importe. Tout va bien. C'est mon dernier magasin du jour. Tant pis si je ressemble aux photos loufoques postées sur *People of Walmart*.

Heureusement que M. Veste en Cachemire et Omelette est parti. Il ne m'a même pas regardée, mais je m'en fiche. (Pas vraiment, mais bon…) Vivre dans sa tête a des privilèges, comme prétendre que j'ai une chance avec un type comme ça. Que verrait-il s'il me regardait ? Des cheveux en bataille, une silhouette généreuse vêtue d'une tenue si décontractée qu'on dirait un pyjama, des yeux noisette fatigués, mais observateurs, et les gènes de ma mère, incluant un nez mutin et l'avantage de « faire jeune », que je considère plutôt comme une malédiction puisqu'on me demande tout le temps mes papiers.

Et ce côté chaussures dépareillées pourrait témoigner d'un sens très personnel de la mode, pas vrai ? Ça se pourrait. Ne cherchez pas à le nier.

La voie est libre. *Toc-toc-toc*. Je toque doucement à la porte des toilettes des hommes, partant du principe qu'il n'y a qu'un W.C. comme dans tous les autres magasins de la matinée. Aucune réponse.

Entrant tranquillement, je marque un temps d'arrêt. Mince ! Il y a deux urinoirs et deux cabinets au lieu de la bonne vieille pièce carrée. Quelqu'un pourrait me surprendre. Un mec pourrait entrer et la sortir si je ne fais pas attention.

D'un autre côté, ça fait tellement longtemps que je n'en ai pas vu que je ne saurais même pas à quoi m'attendre.

L'année dernière, j'ai dû compter le nombre de poils pubiens présents sur les W.C. d'une chaîne de stations-service. Ça a été, je dois dire, le pire moment de ma carrière de cliente mystère. Heureusement, cette nouvelle chaîne de magasins n'a pas d'obsession pour les clients poilus.

Comme c'est progressiste.

Je tapote sur mon téléphone et j'ouvre l'application, parcourant rapidement les questions. Assez de papier toilette ? Vu. Les robinets en état de marche ? Vu. Le distributeur de papier toilette plein ? Vu.

Les toilettes et les urinoirs en état de fonctionnement ? Eh bien…

Si vous n'avez jamais mis les pieds dans les toilettes des hommes, et que vous avez toujours fréquenté les toilettes des femmes d'établissements décents (ou un peu moins), vous devez savoir une chose : les propriétaires de magasins détestent les hommes. Non, vraiment : c'est le SEUL endroit où les femmes sont mieux traitées. On ne gagne peut-être que soixante-dix centimes là où les hommes gagnent un dollar, mais, ma parole, nos toilettes publiques ne donnent pas l'impression de sortir tout droit d'une prison de l'ère soviétique.

Ou pire – d'un hôtel de Sotchi durant les Jeux olympiques.

Mon esprit s'égare alors que j'essaye de ne rien toucher d'inutile à ma mission et de sortir de là le plus vite possible. Je me remémore le parfum masculin de l'après-rasage de M. Costume Bleu-Gris Parfait au lieu de l'odeur âcre de fromage moisi, d'urine, et de désodorisant chimique qui sent comme des pesticides au sumac véné-neux. Qu'est-ce que cela ferait non seulement de toucher un homme si chic, si confiant, si sûr de lui – mais d'y être *autorisée* ?

L'immense plaisir d'être en couple ne réside pas dans l'affection, le sexe ou la compagnie. Il découle plutôt du fait d'être à l'aise, de pouvoir tendre le bras et d'effleurer de votre main ses pectoraux, de passer vos doigts dans ses cheveux, de lui tenir la main et de l'enlacer, et d'avoir accès à ses abdos, ses mollets, la belle courbe masculine de son avant-bras lorsque vous voulez.

Selon vos conditions.

Par consentement mutuel. L'idée de faire courir mes mains de ses poignets jusqu'à ses épaules, puis de descendre le long de la magnifique vallée de son torse en marbre sculpté pour atteindre sa taille et de passer mes bras autour de lui me fait esquisser un sourire béat. Que personne ne verra. Alors à quoi bon ?

De plus, je dois tirer les chasses d'eau des toilettes.

Je vérifie au dos de la porte des toilettes la charte de nettoyage. Vous savez ces bouts de papier placés derrière les portes, accompagnés des initiales et des horaires écrits dessus pour vérifier que les toilettes ont bien été nettoyées ? Eh bien, quelqu'un doit vérifier ces vérifications.

Et ce quelqu'un, c'est *moi*. Évidemment. Bien sûr, je n'ai aucun moyen de vérifier que JS (les initiales qui apparaissaient ces quatre dernières heures) a vraiment nettoyé les toilettes. Seule une caméra vidéo pourrait le dire avec certitude.

Et alors que notre société se plaît à enregistrer tout le monde sur la voie publique, essentiellement dans le but de surprendre Lindsay Lohan en train de photographier son entrejambe impeccable, les sociétés n'ont pas commencé à filmer les toilettes.

Pour l'instant.

Et heureusement, pas seulement pour des raisons d'intimité, mais parce que les caméras mettraient les gens comme moi au chômage. Bien que mon travail me rende dingue les jours comme aujourd'hui, il représente tout de même un salaire. Je bénéficie de l'assurance maladie. Des congés payés. Un régime de retraite.

À vingt-quatre ans, c'est comme être lauréate du Prix

Nobel dans le contexte économique actuel. La plupart de mes amis de la fac travaillent à mi-temps dans des boutiques du centre commercial, et sont évalués par des clients mystères comme… moi.

Je m'arrête sur la question numéro treize. « Est-ce que les toilettes sont agréables à regarder ? » Euh quoi ? Ça me fait encore grimacer, même si j'en suis à mon neuvième magasin. Les murs sont d'un gris pâle, avec des carreaux montant jusqu'à mi-hauteur. Les carreaux cassés et les taches qui les maculent m'amènent à me demander ce que les hommes ont fait ici. Comment peut-on casser des carreaux en urinant ? Et ces taches jaunes. Je frissonne. Est-ce vraiment *si* dur de viser ?

Vlouf ! Vlouf ! Je tire la chasse des deux urinoirs, puis me précipite vers le W.C. n° 1. *Vlouf !* Je me tiens devant le cabinet n° 2 et me prépare à tirer la chasse d'eau de celui-ci.

Je suis dans mon petit monde et baisse ma garde pour réfléchir à la question. Je suis fatiguée et assurément pas en grande forme, car quelques secondes s'écoulent avant que je ne réalise que quelqu'un vient d'entrer dans les toilettes. Du coin de l'œil, j'aperçois une chaussure habillée. Ma vision se floute tandis que je me précipite dans un des cabinets et ferme la porte.

Le cœur battant la chamade, je fixe l'arrière cabossé de la porte des toilettes. Puis je baisse les yeux. Un ongle au vernis rouge écaillé dépasse de ma chaussure ouverte bleu marine. Coming out de transgenre mis à part, il n'y a aucune raison valable pour que quelqu'un dans les toilettes des hommes ait du vernis à ongles rouge.

Je me perche sur les w.c., les pieds bien ancrés de

chaque côté de la cuvette, m'accroupissant comme si j'étais sur le point d'accoucher. Étant génétiquement incapable de tenir en équilibre – et ce depuis toujours – et alors que mon cœur bat tellement la chamade qu'il pourrait tout aussi bien jouer du djembé, je me penche prudemment, un bras posé contre l'arrière de la porte, l'autre agrippant mon téléphone.

Le bruit facilement reconnaissable d'un homme en train d'uriner résonne dans les toilettes. Je ne peux pas m'empêcher de regarder par le minuscule interstice de la porte. C'est M. Costume Sexy, dos à moi. Merci mon Dieu, car si on m'offrait une vue frontale à cet instant, j'aurais bien du mal à répondre à la question « agréable à regarder ? » d'une manière strictement professionnelle.

L'infime mouvement que je fais pour regarder à travers l'interstice suffit à faire déraper mon pied droit. Je pousse un cri aigu, puis je lâche malencontreusement mon téléphone.

PLOUCH !

Vous connaissez ce son, pas vrai ? Vous savez tout comme moi que je viens juste de laisser tomber mon téléphone dans la cuvette, mais lui pense que l'homme – il part du principe que c'est un homme – à l'intérieur vient de lâcher un bronze de la taille d'un éléphant.

Je baisse les yeux. Mon téléphone émet toujours de la lumière, la question « est-ce que les toilettes sont agréables à regarder ? » encore affichée à l'écran.

Restant silencieuse, je lutte pour rester perchée sur la cuvette, en équilibre. Je pose une main à plat contre la porte des toilettes, l'autre formant un poing au-dessus de l'eau de la cuvette.

Un téléphone à quatre cents dollars… ou un bras dans l'eau nauséabonde des toilettes des hommes.

J'ai le net désavantage de pouvoir voir de près toutes les taches présentes sur le rebord qu'occupent mes pieds. Je me dis que plonger la main dans cette prison de porcelaine risque de me valoir une bonne gangrène et que je risque de succomber aux germes provenant de l'urine d'homme qui viendront envahir mon système sanguin et me tuer.

Mais c'est un portable à 400 $.

Un téléphone de la *société*.

Fermant les yeux, je plonge ma main dans l'eau glacée et fais comme si j'étais Rose dans le film *Titanic*, m'appuyant sur cette porte miraculeuse alors que ma main fouille à l'aveuglette le fond de la cuvette pour récupérer mon téléphone.

Il tombe trois fois avant que je n'arrive à le récupérer pour de bon, puis…

La porte du W.C. s'ouvre à la volée, me faisant tomber à la renverse. Je pousse un cri, le bras coincé dans la cuvette et je m'affale, actionnant malencontreusement la chasse d'eau.

Vlouf !

CHAPITRE 3

M. Costume bleu-gris intervient immédiatement. Il entre dans le cabinet, place ses belles et grandes mains magnifiquement entretenues sous mes aisselles sans déodorant et me soulève de la cuvette. C'est comme un ballet… de toilettes, mon corps virevolte au-dessus du sien, suspendu dans les airs pendant quelques secondes, et je ne pense qu'à *l'eau sale dégoulinant de mon bras sur un costume en cachemire qui coûte plus que le solde de mon prêt étudiant.*

Ma seconde pensée est : *ce sera une sacrée histoire à raconter à notre mariage.*

Nos regards se croisent alors que la chasse d'eau fait rage. Je m'imagine dans un tout autre endroit, avec le bruit de fond d'une cascade sur une île déserte au milieu du Pacifique Sud. Nous serions les seuls habitants de l'île et nous serions forcés par l'instinct de survie à faire l'amour comme des bêtes et à procréer pour sauver la race humaine.

Un sacrifice dont nous nous accommoderions tous les deux.

Sauf que je ne suis pas sur une île avec cet homme, dont les bras puissants soulèvent sans forcer ma taille quarante-huit. Mes seins se balancent tandis qu'il évalue la situation en un quart de seconde, sans détacher son regard de moi. Curieusement, il m'émeut tout entière. Mon corps est en feu en raison de son assurance et de sa force primitive, animale. Il me repose sans qu'aucun de mes pieds ne tombe dans la cuvette.

La douleur de la poignée de porte qui s'est enfoncée dans mon omoplate lorsque je suis tombée en arrière se réveille, et mon bras dégouline, mais – mais ! – M. le Sauveur des Toilettes me regarde avec inquiétude, et, chose presque aussi positive :

J'ai récupéré mon téléphone.

La scène a duré cinq secondes. Je suis essoufflée, mon chignon s'est défait et mes cheveux déjà en bataille me cachent désormais le visage. Certaines pointes sont mouillées.

Dégoûtant. Le bras plongé dans les toilettes, le téléphone aussi – et maintenant les *cheveux* ?

Nous prenons enfin la parole. Il commence, un sourire en coin.

— Nous avons des sièges plus confortables dans l'autre pièce, vous savez.

— Mon téléphone avait besoin d'un bain, dis-je, peignant mes cheveux à l'aide de ma main sèche – la voilà également mouillée à présent.

Je me demande à quoi je peux bien ressembler. Si je me regarde dans un miroir, j'ai peur de retourner en rampant vers la cuvette et de me faire disparaître en tirant la chasse d'eau.

— Qu'avez-vous fait précisément avec votre portable pour qu'il soit si sale ? me demande-t-il avec un regard lubrique.

Il sort du cabinet à la façon d'un gentleman, ses yeux verts à la fois hilares et alertes. En bougeant, il laisse apparaître un miroir en pied, qui me met face à mon cauchemar.

Oh. C'est donc à *ça* que je ressemble. Quelqu'un aurait une touillette en trop ? Je serai prête à me l'enfoncer dans l'œil et à me vider de mon sang sur place.

Ou alors je mourrai de honte. Pas de chance. Si la honte pouvait tuer, je serais déjà morte neuf fois.

Je me regarde dans le miroir. La situation est de plus en plus déjantée, alors pourquoi ne pas laisser penser à M. le Sauveur des Toilettes que je suis encore plus folle en restant fixer mon propre reflet tel un chiot découvrant « cet autre chiot » dans le miroir ?

De longs cheveux châtains, mouillés au niveau des pointes de devant. Des pointes fourchues, rien que ça. Où trouver l'argent pour une coupe décente alors que j'ai besoin de pneus neufs pour ma vieille Saturn ? Mon t-shirt rose déchiré et mon pantalon de yoga gris me font ressembler à une étudiante lambda... Je pense soudain à mes chaussures.

Avec mon pantalon de yoga, un mocassin et une chaussure à bout ouvert, je ressemble à Mme McCullahay du bout de la rue, qui sort ses poubelles en les traînant à 5 h du matin avec des chaussures dépareillées, une robe mission et des bigoudis, une cigarette presque entièrement consumée à la bouche.

— Au moins, je ne fume pas, marmonné-je.

Puis je me souviens d'où je suis, et je regarde lentement vers ma gauche.

M. Costume et Sourire en Coin est appuyé nonchalamment contre la paroi des toilettes abîmée et bosselée, l'air amusé, mais il ne semble pas vouloir bouger. Les pieds fermement plantés dans le sol, il me lance *le* regard.

Non, pas *ce* regard. J'accepterais *ce* regard venant de lui n'importe quand.

Je veux dire par là le regard de quelqu'un qui ne me laissera pas partir sans une explication.

Je suis contractuellement tenue de ne *pas* la lui donner. Révéler que je suis une cliente mystère est *interdit*. Ce serait du jamais vu.

Un motif de licenciement.

Voyez-vous, la première règle des clients mystère est un peu comme la première règle du Fight Club : ne frapper personne. Oh. Attendez. Non… c'est de n'en parler à personne. Jamais.

Mais parfois, cette règle de ne pas frapper s'avère bien utile, car il y a des gens vraiment très étranges dans les magasins.

Et M. Costume me regarde comme si j'en faisais partie.

— Laissez-moi me présenter, dit-il, prenant l'initiative de la conversation.

Il se redresse sans effort puis avance de deux pas vers moi et je recule jusqu'à ce que l'arrière de mes mollets touche de nouveau le rebord de la cuvette. Je m'écarte de lui sans savoir pourquoi.

— Je m'appelle Declan McCormick. Et vous êtes ?

Par réflexe, je tends la main, et il me la serre. Puis nous réalisons tous les deux que c'est la main qui a plongé dans l'eau des toilettes.

Il fait comme si c'était tout à fait normal, et continue de me regarder intensément et de manier ma main comme la manivelle d'un puits. Ses doigts sont doux et chauds, agréables, et le contact est prolongé.

Et ses yeux… Ils m'étudient, pas comme s'il examinait mes traits pour porter plainte ou me faire enfermer conformément à l'article 35, car je constituerai un danger envers moi-même et les autres.

Il *m'évalue* de la plus agréable des manières.

En tant que professionnelle chargée d'évaluer le service client des entreprises, j'ai acquis un ensemble unique de compétences – mais plus que cela, je possède désormais un sixième sens me permettant de savoir lorsque l'on m'étudie.

Et… oh, mon Dieu, j'en ai le souffle coupé.

Et ce n'est pas parce que je retiens ma respiration en raison de l'odeur.

Je réalise que nous nous serrons toujours la main, et que ses yeux me scrutent.

Ma voix revient :

— Euh, Shannon. Shannon Jacoby. Enchantée.

Il jette un œil à la pièce et éclate de rire, m'offrant un aperçu de ses dents blanches parfaitement alignées et de sa mâchoire qui donne envie d'être dorlotée. J'inspire profondément. En entendant ce rire, un désir extraordinaire s'insinue dans mon corps, s'installe en bas de mon ventre. Il n'y a plus qu'à choisir la vaisselle et la couleur des murs pour se sentir comme à la maison.

Va-t'en, désir. Je t'ai banni.

Mais le désir m'ignore et s'installe, époussetant les toiles d'araignées qui avaient élu domicile dans une zone qui s'autorisait à une époque désir, espoir et excitation.

Squatteur.

— Eh bien, Shannon, c'est la première fois que je rencontre une femme dans des circonstances aussi particulières.

Ses lèvres se retroussent en un léger sourire sexy, comme si nous étions sur une plage à boire des cocktails dans des noix de coco taillées par Cupidon et non dans de vieilles toilettes miteuses où brille un néon qui commence à s'agiter comme une nuée de moustiques devant une banque de sang.

— Vous ne devez pas beaucoup sortir alors, dis-je.

Mes orteils commencent à se crisper tandis que mon corps lutte pour refréner le désir que je sens monter en moi. Non. Ce n'est pas concevable. Je ne peux pas m'autoriser à ressentir ça. J'ai passé tant de temps à me blinder pour ne rien ressentir, et tout à coup, tout tomberait à l'eau – ou à la chasse d'eau ?

Il m'adresse un sourire poli, en plissant les yeux. Je décide de le fixer ouvertement et de l'examiner lui aussi. Des cheveux châtains, coupés courts, sûrement passés entre les mains du coiffeur d'un salon haut de gamme. Le costume gris bleuté, texturé et doux à la fois, brillant et impeccable sous la lumière clignotante. Une peau hâlée, mais légèrement trop claire, comme s'il avait pour habitude de passer beaucoup de temps dehors, mais n'avait pu le faire dernièrement.

Le corps d'un grand joueur de tennis ou d'un golfeur ; rien à voir avec celui de mon père et de ses amis au ventre bedonnant qui se font un parcours de neuf trous à 16 h pour avoir l'occasion de boire des coups. Declan est grand et élégant, confiant et sûr de lui. Il se déplace comme un lion, en terrain conquis.

Au courant des moindres déplacements susceptibles de l'intéresser.

Je fais 1,80 et il me dépasse d'au moins quinze centimètres. Les filles d'une certaine taille se posent toutes la même question : *pourrais-je porter des talons hauts avec lui ?* Steve détestait que je porte des talons hauts, car je faisais la même taille que lui.

— Que faites-vous dans les toilettes des hommes ? me demande-t-il en souriant.

Je glisse mon téléphone dans mon pantalon, au niveau de l'élastique de la ceinture. S'il y a la moindre chance qu'il soit toujours allumé, il pourrait voir l'écran et deviner qui je suis. Je commence à retrouver mes esprits. Mes pensées se mettent de nouveau à vagabonder. Esprit... Pris... Prendre...

Et voilà que je me perds à nouveau.

— J'ai dû me tromper, dis-je en faisant semblant de me frotter les yeux. J'ai oublié de prendre mes lunettes en allant en cours ce matin.

Il plisse encore plus les yeux et me fixe. Est-ce le fruit de mon imagination, ou son visage exprime-t-il une certaine once de déception ? Mon cœur se brise en milliers d'éclats de verre. J'ai l'impression de les avaler.

— En cours ? Vous êtes étudiante ?

Il me dévisage et une lueur de compréhension s'allume dans son regard, comme si des détails étranges s'imbriquaient enfin.

Lorsque vous êtes acculée, il n'y a pas trente-six mille façons de vous en sortir.

— Oui, en effet.

— Qu'est-ce que vous étudiez ?

Mon cœur bat encore la chamade dans ma poitrine comme celui de mes petits neveux dans ce parc de trampolines intérieurs après avoir bu un copieux moka glacé. Et maintenant, il veut discuter debout devant les toilettes ? Et me poser des questions sur un cours que je ne suis pas vraiment ?

— Excusez-moi, dis-je en gesticulant avec la grâce d'un élan à trois pattes sur des skis. Bien que l'idée de rencontrer quelqu'un dans les toilettes des hommes juste après avoir mis ma main dans un endroit que même des prostituées de Mumbai fuiraient soit fort réjouissante, je préférerais sortir de là et échapper à ce parfum *Eau d'Urinoir*.

— Vous n'avez pas répondu à ma question. Il est immuable.

Sa voix est chaude comme la braise. Je vois son pouls battre dans son cou, sous les traits anguleux de sa mâchoire serrée, et j'ai envie de l'embrasser. D'appuyer dessus. De le sentir et de m'accorder à ce tempo.

— Je n'avais pas réalisé que j'étais sous vos ordres, monsieur, dis-je, manifestant par le sarcasme ma frustration refoulée.

Son regard s'intensifie et il pivote juste assez pour que

je puisse passer devant lui. Nos corps se frôlent, dégageant une chaleur qui semble tripler chaque nanoseconde. Je me rapproche des lavabos et j'attrape du papier, puis j'actionne le robinet, faisant attention à ce que mes doigts ne touchent pas le métal brillant.

— Que faites-vous ? demande Declan.

Et lui, pourquoi reste-t-il planté là ? Quelqu'un d'aussi bien habillé a sûrement des actions à négocier, des gens à soigner ou des lois à défendre. Des femmes à faire mouiller. Vous avez saisi l'idée.

— Avez-vous la moindre idée de la quantité de germes qu'on peut trouver dans les lavabos des toilettes ? Je fais toujours ça, expliqué-je, pendant que ma tête me crie que je n'ai pas à me justifier.

— C'est très honorable de votre part de protéger les autres clients.

— Hein ?

— S'il y a bien une chose qui doit contenir des germes…

Sa voix grave est lourde de sous-entendus. Il a le genre de voix masculine qu'on entend dans un vestiaire ou un club de chasse. Il montre du doigt mon bras.

Mince. Il a raison. Je ne peux même pas argumenter, car il a raison, mais cela ne m'a jamais arrêtée avant.

— L'eau des toilettes – l'eau propre, et j'avais tiré la chasse d'eau juste avant de plonger mon bras dedans – est étonnamment stérile.

— Stérile ?

— Bon… Relativement propre, dis-je faisant machine arrière

— Vous faites partie du département de la Santé ?

Sa question sonne comme une menace.

— Non.

— Vous rôdez simplement dans les toilettes des hommes et débitez des statistiques microbiologiques comme un professeur pour… le fun.

Il le dit de cette façon exaspérante qu'ont les hommes de présenter les choses comme un fait, alors qu'ils posent en fait une question.

Qu'est-ce qui est pire : lui faire croire que je suis Amy de *Big Bang Theory* ou simplement une tarée de fétichiste qui rentre dans les toilettes des hommes pour plonger sa main dans une cuvette ?

(Attention, je n'ai rien contre Amy.)

Je finis de me laver les mains et me retourne pour attraper du papier, mais Declan m'en tend déjà une feuille.

— Ah ah ! Ça y est, j'ai compris, dis-je hochant lentement la tête en acceptant le papier pour me sécher les mains. Vous êtes le préposé aux toilettes. Où est votre gobelet à pourboires ? Vous avez sans aucun doute mérité un petit quelque chose.

L'air semble vibrer entre nous. Rien à voir avec la machine à désodoriser qui asperge la pièce.

— J'ai mérité un petit quelque chose, répète-t-il d'une voix lourde de sous-entendus.

Ce n'est pas une question.

À ce moment-là, la porte s'ouvre brusquement et Mark J. se précipite à l'intérieur, l'air hagard et affolé.

En m'apercevant, il pousse un cri aigu qu'on aurait pu attendre d'une personne coincée d'une quarantaine d'années et non pas d'un type qui donne l'impression d'avoir récemment participé à une émission de télé-réalité du câble, style *La Guerre des Fast Foods*.

— Vous ! s'étrangle-t-il. Un client a dit avoir vu une femme entrer dans les toilettes des hommes. Je n'y croyais pas !

Declan tend le bras pour attraper celui de Mark J. Je perds toute notion du temps. Combien de secondes a-t-il fallu pour que la situation s'aggrave ? Je ne peux pas risquer de me faire démasquer.

— Elle est seulement entrée par accident, explique Declan. Ou elle a une sorte de fétichisme. On est en train d'en discuter.

Je lui jette un regard si noir que le sèche-mains s'enclenche spontanément.

— Pourquoi est-elle trempée ?

Ma manche dégouline et les pointes de mes cheveux sont mouillées. Mark regarde Declan et remarque des taches d'eau sur sa veste.

— Oh !

L'exclamation est si faible que je l'entends à peine, mais au regard de Declan, je comprends qu'il l'a entendue lui aussi. Ses yeux se ferment et sa mâchoire se crispe. C'est un homme qui n'est pas habitué à supporter des imbéciles.

Alors pourquoi me parle-t-il ?

— Oh, je vois. Un fétichisme… Je ne voulais pas…

Du regard, Mark J. implore Declan de lui expliquer ce qu'il se passe. Vu la panique de l'employé, il doit avoir environ trois théories différentes à l'esprit, deux d'entre elles impliquant que Declan et moi ayons porté atteinte aux bonnes mœurs et une impliquant des questions sur mon sexe biologique.

Aucun de ces scénarios, cependant, n'implique que j'ai laissé tomber mon smartphone dans les toilettes pendant que j'effectuais une visite mystère, donc ma couverture ne craint rien.

— Je vous laisse à ce que vous faisiez, dit Mark J. alors que ses doigts tâtonnent pour ouvrir la porte et sortir.

— Et que pensez-vous que nous étions en train de faire ? lance Declan, les yeux toujours fixés sur la porte à la respiration sifflante.

— Twerker ?

Mon esprit parcourt des milliers de kilomètres à la minute. J'essaie de me souvenir du nombre de rouleaux de papier toilette de chaque cabinet. J'imagine Declan nu avec de la crème chantilly et un bol de cerises fraîches à côté du lit. Puis je me souviens que je ne me suis pas rasé e depuis des jours.

Je ressemble à une femme de la Renaissance moderne.

Peut-être mes yeux me trahissent-ils devant cette image de Declan nu, car la pièce se réchauffe rapidement et ses yeux s'assombrissent et se voilent alors qu'il fait un pas vers moi. Encore deux et nous nous toucherons.

Plus que trois et je pourrais l'embrasser.

— Je ne twerke pas, murmure-t-il, une main tressautant comme s'il hésitait à me toucher.

— Je ne fais rien de ce que Mark J. peut penser, murmuré-je en guise de réponse.

Puis je grimace, car…

— Mark J. ? Vous avez mémorisé le nom sur son badge ?

Declan hausse un sourcil, et c'est le regard le plus sexy du monde, un mélange entre George Clooney, Channing Tatum et Sam Heughan.

— C'est… euh…

— Oh, fait Declan, les narines légèrement évasées, les lèvres serrées pour retenir un sourire. Je vois. C'est votre…

Il prononce ces mots d'une voix grave et émet des bruits gutturaux puis fronce le nez. Soit il est atteint du syndrome de La Tourette, soit il suggère que je me tape Mark J.

C'est là que le sentier se sépare dans les bois, et moi… J'ai pris le chemin le plus susceptible de m'humilier.

Dans le but d'être professionnelle.

— Oui ! crié-je alors que la porte s'ouvre sur un enfant d'une dizaine d'années, visiblement très confus.

Il vérifie ce qui est indiqué sur la porte, puis me regarde bêtement, bouche bée, et les yeux écarquillés. J'apprécie les réactions des enfants ; ils sont honnêtes. Declan se la joue mystérieux et plein d'esprit, me taquinant et jouant avec moi, et je suis debout depuis 4 h 12 à cause du message d'une cliente mystère qui a pris de l'acide et vu des licornes.

Alors, ne fais pas le malin avec moi.

— Oui, vous avez compris, Mark J. et moi, on le fait, chuchoté-je à l'oreille de Declan alors que le gamin retourne à sa table et que je travaille à ma propre évasion. On le fait dans la chambre froide, juste à côté des bacs à salades. Il m'allonge sur la table de pause dehors et jette toujours les mégots de cigarettes dans le cendrier. Un vrai romantique. Lors des livraisons, il m'accompagne dans le camion et veille à ne pas tacher son tablier tout en satisfaisant mes besoins. Mark J. est l'homme parfait.

Je me rapproche de la porte et je fonce vers ma voiture tandis que Mark J., à présent en sécurité derrière le comptoir, me crie :

— Bonne journée !

CHAPITRE 4

Mes mains tremblent alors que je monte dans ma voiture ouverte et fouille sous le siège conducteur à la recherche de mes clés.

Je trouve le tournevis géant. Oui, ce sont mes « clés ». La clé d'origine s'est cassée dans la serrure il y a de cela quelques mois et mon mécanicien – alias mon père – l'a enlevée. Je dois à présent enfoncer un tournevis géant à tête plate dans le contact, puis tourner et prier.

C'est ce qui se rapproche le plus dans ma vie d'une chose que l'on insère dans un trou tous les jours.

La voiture démarre et j'appuie sur l'accélérateur. Après avoir reculé lentement, la voiture vibre lorsque je tourne à droite sur la route principale et me dirige vers le bureau.

Les vibrations ne proviennent pas de la voiture, qui fonctionne bien une fois que vous l'avez mise en marche. J'ai les nerfs à vif, mon corps est en état de choc post-urinoir.

J'examine ma main. La main qui a baigné dans les

toilettes. Puis je m'enfonce dans mon siège et je sens un renflement en bas de mon dos. Et pas du genre sympa.

Je passe ma main sale dans mon dos et je retrouve mon téléphone humide. L'écran ne s'allume plus et une pellicule de sueur semble être apparue dessus. Peut-être est-ce ma sueur. Courir du restaurant à ma voiture a été l'effort le plus important que j'ai fait depuis des mois.

Alors que des routes familières se profilent à l'horizon et que je me mets en pilote automatique, j'essaye de démêler les folles et inintelligibles pensées qui tournent en boucle dans mon esprit. Un beau gosse. Me cacher dans les toilettes des hommes. Lâcher mon téléphone dans la cuvette. Me faire prendre la main dedans. Me faire secourir par le Beau Gosse et lui dégouliner dessus.

Et c'étaient les meilleurs moments de la matinée.

Mon téléphone émet une sorte de plainte bizarre, semblable à des bébés phoques qu'on massacrerait. L'écran clignote comme s'il était le dernier signal électronique connu après une guerre nucléaire.

J'essaye de l'éteindre, mais il continue d'émettre un faible bourdonnement. Voilà donc le bruit que font les robots lorsqu'ils meurent. Il hantera mes rêves pour les semaines à venir.

Une profonde inspiration devrait m'aider à me purifier. Ou pas. Peut-être deux ? Négatif. Toujours rien. Et ça ne fonctionne pas mieux en m'y reprenant à dix fois. Au bout de vingt-trois inspirations profondes, j'ai finalement atteint ma destination. Je me sens un peu faible et j'ai les lèvres qui picotent. N'allons pas ajouter une syncope à la liste croissante des Très Mauvaises Choses Qui Peuvent Arriver Lors d'Une Visite Mystère.

Je me gare à ma place attribuée à côté des poubelles, coupe le moteur, et cogne doucement mon front contre le volant. Vingt-trois coups me calment vraiment. Avec une bosse sur le front et tout ça. Lorsque je m'arrête, je me sens prête à prendre une simple douche.

C'est déjà mieux qu'il y a dix minutes. Surtout si c'est une douche avec M. Costume.

Qui es-tu, me demande une voix, *et qu'as-tu fait de la Shannon asexuée ?*

Rester assise avec ma tête cabossée et mes sentiments en vrac ne me mènera à rien. Amanda est sûrement en train de me chercher désespérément, et une battue digne de la disparition d'un avion d'une compagnie malaisienne risque d'être lancée si elle appelle ma mère.

Ma mère en fait parfois un peu trop. Un peu. De la même manière que Miley Cyrus peut faire un peu polémique.

Je fonce chez moi, en tenant le téléphone comme si c'était une bombe. J'habite dans un garage. À peu de choses près. Je vis plus exactement au-dessus d'un garage pour deux voitures dans un quartier situé juste derrière une université, dans un studio que je partage avec ma sœur. Cela demande un réel effort physique de ma part pour entrer et sortir. Vingt-sept marches particulièrement raides me mènent à ma porte d'entrée. J'ouvre la porte d'entrée avec une vraie clé (et non un tournevis) et… bim !

Je suis accueillie par un chat au regard noir.

À côté de mon chat, Grumpy Cat a des airs de Blondine au pays de l'arc-en-ciel. Si les regards noirs avaient le pouvoir de décoller le papier peint, je pourrais louer

Chatounet à un entrepreneur du domaine et quitter mon boulot, vivant du don particulier de mon animal de compagnie.

Les gens qui pensent que les animaux ont des visages inexpressifs sont comme les personnes qui peuvent ignorer un paquet ouvert d'Oreo.

Ce sont des extraterrestres.

Chatounet – qui a sûrement commencé à nous lancer des regards noirs dès que nous lui avons donné son nom, alors que ce n'était qu'une petite boule de poils il y a dix ans de cela – est assis bien sagement devant la porte d'entrée, telle une sentinelle, témoin d'éventuels manquements de ma part.

J'examine ma cuisine – la première pièce en rentrant dans mon appartement – d'un air coupable. La gamelle d'eau est pleine. La gamelle à croquettes est à moitié pleine.

Le bac à litière… est plein.

Hum.

— Je suis désolée, Chatounet. J'étais trop occupée à mettre ma main dans les W.C. pour humains aujourd'hui. J'ai eu ma dose d'excréments pour la journée. Mais je vais quand même te la changer, parce que si tu me regardes comme ça encore longtemps, je vais prendre feu et ils nous retrouveront dans quelques semaines, alors que tu dévoreras mes jambes bien grillées.

— Tu devrais réfléchir au fait que tu parles plus à ton chat qu'à ta propre mère, dit Satan derrière mon ficus.

Je crie. Chatounet miaule. Je l'attrape et le jette vers la plante, ce qui a trois résultats. Premièrement, cela montre à quel point je suis stupide. Deuxièmement, cela donne à Chatounet une toute nouvelle raison de vouloir ma mort.

Et troisièmement, cela pousse ma mère à sortir de sa cachette avec les mouvements fluides d'une prof de yoga. Elle me lance un regard noir et je comprends d'où Chatounet tient ça.

— C'est un bon chat de garde, dit ma mère. Elle a le sac à main à l'épaule et les clés à la main. Avant que tu ne me poses la question, ajoute-t-elle alors que je pose ma main sur mon cœur, cherchant à le garder en place alors que le rayon mortel et magnétique de Chatounet essaye de me l'arracher. Amanda m'a appelée et m'a dit qu'elle n'arrivait pas te joindre.

— J'ai été injoignable pendant trente minutes tout au plus. Trente minutes ! Et elle envoie la Garde nationale.

Ma mère arbore un air de triomphe. Marie Jacoby est ce que tous mes amis appellent une MILFF – Mother I'd Like to Flee From –, une mère à laquelle j'aimerais échapper. Un petit peu trop bronzée, un petit peu trop blonde, un petit peu trop critique. Ma mère ne vous salue pas avec un « Bonjour ».

« Tu devrais » est sa salutation de prédilection.

— Tu devrais t'estimer heureuse. Il y a des jeunes filles qui se plieraient en quatre pour avoir une mère qui se soucie autant d'elles, râle-t-elle.

— Tout d'abord, je ne suis pas une fille. Et deuxièmement, tu as raison. Et si je te vendais sur eBay en tant que mère de l'année ? J'en tirerais un bon prix.

Elle hausse un sourcil. Un sourcil parfaitement épilé, bien entendu. Aucun poil indésirable ne survit sur le visage de maman.

Elle se rend chaque semaine au centre commercial et les esthéticiennes connaissent non seulement son prénom, mais aussi son café préféré à la machine près de l'ascenseur.

Elle me regarde attentivement. Ses yeux sont de la couleur d'un saphir étincelant. Je l'ai toujours enviée pour ça. J'ai hérité des yeux de cochon de mon père.

— Tu as rencontré quelqu'un, exulte-t-elle, laissant tomber son faux sac Prada trop grand sur ma table d'occasion abîmée que j'ai achetée avec mes économies.

Ce qui veut dire qu'elle est venue pour parler.

— Comment tu fais ça ? j'explose, peinant à canaliser la jeune fille de quinze ans cachée à l'intérieur de moi qu'elle parvient à invoquer avec deux simples phrases et un air entendu.

Elle hausse encore plus le sourcil.

— Donc j'ai raison. Elle se lève et jauge ma machine à café du regard. C'est une machine à expresso que j'ai gagnée en tant que cliente mystère pour une boutique d'ustensiles de cuisine haut de gamme.

— Fais-moi un café et je ne te demanderai que l'essentiel.

— Vive le chantage, marmonné-je, mais je connais la chanson.

Si j'accepte, elle me laissera tranquille. Si je discute, je suis bonne pour qu'elle ne me lâche pas d'un pouce. À côté du traitement qu'elle me réserve, la NSA passerait pour *Spy Kids*.

Je sors la boîte contenant l'expresso moulu du meuble de rangement situé au-dessus de l'évier et elle émet un bruit guttural de reproche. Sans lui accorder la moindre attention, je remplis la machine et m'assure qu'il y a assez d'eau. Il arrive que je m'en sorte en l'ignorant.

Mais pas cette fois.

— Regarde-moi ce qu'il y a dans tes placards ! Du café. Du sucre et des sachets d'édulcorants. Du ketchup et de la sauce soja. Des échantillons de biscuits. De tous petits paquets de popcorn à faire au micro-ondes.

— Je mange très bien, maman, marmonné-je alors que la machine commence à râler.

Ou peut-être que c'est moi. Difficile à dire.

Elle agite avec dédain une main parfaitement manucurée. Son vernis est assorti à un trait fin de couleur mauve sur son haut.

— Ce n'est pas pour toi. Mais pour l'homme que tu vas recevoir ! Il ne peut pas voir cela. Ce ne sont pas des placards dignes d'une épouse ni d'une mère. Aucune femme qui ferait une bonne mère n'aurait un tel garde-manger.

— La semaine dernière, tu étais la Mère Militante Féministe, me disant à quel point tu étais fière que j'aie eu mon diplôme et que je subvienne à mes besoins !

C'est un argument éculé. Depuis qu'elle a eu cinquante ans il y a un peu plus de deux ans, et alors que ses amies planifient soigneusement le mariage de leurs filles, maman se consacre avec ferveur à me trouver Un Homme.

Mais pas n'importe quel homme.

Un homme digne d'un mariage au country club de Farmington.

Le téléphone de ma mère sonne. La chanson « You Sexy Thing » remplit la pièce et Chatounet émet un bruit désapprobateur étrangement similaire à celui que fait généralement ma mère. Je saisis ma chance.

— Je vais rincer mon bras ! lui lancé-je en m'éloignant vers la salle de bain et en allumant la douche, pour ne pas entendre ses commentaires à mon égard.

En enlevant le pyjama que je porte depuis bien plus longtemps que sa durée de vie, j'ai l'impression de me défaire de ma seconde peau.

Ma fuite momentanée me donne dix minutes pour me laver et pour réfléchir. Ou pas. Ma mère me parle depuis l'autre côté de la porte de la salle de bain, ignorant complètement que je ne l'écoute pas. Je ne fais pourtant aucun commentaire. Et je ne réponds d'aucune façon que ce soit.

Ça ne l'arrête pas.

Je coupe le pommeau de douche et je l'entends crier :

— Et c'est comme ça que la fille de Janice a découvert que sa brosse à dents et celle de son mari avaient été enfoncées dans le cul des voleurs.

Waouh. Alors que je me sèche, mon reflet ouvre la bouche et la referme plusieurs fois. Je me demande comment je suis censée répondre à *ça*.

Il est préférable d'ignorer certaines choses.

J'ouvre la porte, et un panache de vapeur accueille ma mère.

— Mes cheveux ! Mes cheveux ! crie-t-elle.

J'ai hérité de ses cheveux ternes et des yeux de papa, ce qui est totalement incompréhensible. Mon père avait de beaux cheveux dont ma sœur, Amy, a hérité – des anglaises parfaites qui déversent une cascade de bouclettes auburn sur ses épaules. Et maman a ces yeux bleus.

Je me regarde dans le miroir et le nom de Declan me traverse l'esprit, planté là par mon subconscient. Si je parle de lui à ma mère, elle organisera directement le mariage et le mettra dans une situation délicate, exigeant une bague de deux carats avant qu'il n'ait eu le temps de dire « Bonjour. »

J'entre dans la chambre, enroulée dans une serviette et je m'arrête net. Des vêtements sont disposés sur mon lit à mon intention.

— J'ai quel âge ? Quatre ans ? marmonné-je.

Puis je les enfile à contrecœur, car ma mère a vraiment bon goût. Le chemisier couleur brique qu'elle assortit avec un pantalon bleu marine et un foulard que je ne porte jamais a plus de classe que je ne veux l'admettre.

— Je peux ranger ta garde-robe par couleur, Shannon, me crie-t-elle depuis le couloir tandis que je m'habille.

— Tu devrais créer une ligne de vêtements. Du genre Garanimals, mais pour adultes. Tu aurais un succès fou !

Elle prend mon commentaire au pied de la lettre.

— Quelle bonne idée ! Je demanderai à Amy ce qu'elle en pense. Peut-être qu'on pourrait lancer une campagne de crowdfunding pour lever des fonds commet Amy.

Amy est stagiaire dans une société de capital-risque. Ce qui n'a donc *rien* à voir avec Kickstarter ou Indiegogo. Je ne reprends pas maman, car ce serait aussi utile que de contredire Vladimir Poutine sur la frontière entre la Russie et l'Ukraine.

— C'était qui au téléphone ? demandé-je.

— Amanda. Elle veut que tu l'appelles. Qu'est-ce qui ne va pas avec ton portable ?

— Je l'ai laissé tomber dans les toilettes d'un magasin ce matin.

La bouche de ma mère se fige en un O scandalisé.

— Tu ne l'as quand même pas… *récupéré* ?

La seule chose que ma mère craint plus que de ne pas marier un enfant au country club de Farmington, ce sont les microbes.

— J'ai mis la main dans la cuvette des toilettes des hommes et je l'ai sauvé, alors même que j'avais tiré la chasse ! dis-je avec entrain.

Elle me lance un regard noir. Chatounet quitte la pièce, admettant sa défaite.

— Les toilettes des hommes ?

Je souris.

— Où penses-tu que je rencontre des hommes ?

— Oh, Shannon, soupire-t-elle en prenant l'expresso que je lui ai préparé avant la douche. Il est sûrement tiède à présent, mais c'est comme ça qu'elle boit son café.

— Tu es à ce point désespérée ?

— Je sais que l'idée d'entrer dans les toilettes des hommes est un peu…

— Non, entrer dans les toilettes des hommes, c'est une idée géniale en fait. Pas de concurrence, sauf avec les homosexuels.

Elle avale l'expresso d'un trait et repose bruyamment la tasse comme si c'était un concours de binge drinking durant le Spring Break à La Nouvelle-Orléans.

— Mais vraiment ? Lors d'une *visite mystère* ?

Elle prononce les deux derniers mots comme Gwyneth Paltrow prononcerait le mot *divorce*.

— Si je comprends bien, maman, rôder dans les

toilettes des hommes est une manière astucieuse de rencontrer un homme, mais le faire durant une visite mystère est dégradant ?

Elle coiffe rapidement mes cheveux en bataille en un chignon et des épingles à chignon apparaissent dans sa bouche comme si elle les avait mises dans son nez pendant tout ce temps, attendant le moment parafait pour rectifier ma coiffure.

— C'est juste que… Elle renifle. Quel genre d'homme vas-tu rencontrer dans un fast-food ? Ou à une station de lavage ? En faisant ta vidange ou en achetant un bagel ? Son visage s'illumine. Existe-t-il un niveau élite pour les visites mystères ? Qui sont les clients mystères de Neiman Marcus ou d'Omni Parker House ? Et ceux de Tiffany's ? Ses yeux brillent. Ce serait un bon moyen de rencontrer l'homme qu'il te faut.

— L'homme qu'il me faut.

Je n'arrive pas à masquer mon mépris, mais une image de Declan me traverse l'esprit. Ce sourire.

— Tu ne le rencontreras pas en enfournant ton huitième bagel, habillée comme une étudiante le quatrième jour de ses examens avec une bonne dose de poux, ajoute-t-elle.

— Je n'ai pas de poux !

— Eh bien, ma chérie, c'est l'impression que tu donnais.

Je m'arme de courage.

— Maman… C'était sympa. Vraiment. Mais je dois y aller.

J'attrape mon sac à main, puis je jette quelques tasses

de riz blanc dans un sachet, et fourre mon téléphone dedans.

— Je dois aller travailler.

— Il faut qu'on parle, Shannon…

— Salut ! Et tu pourras changer la litière de Chatounet s'il te plaît ? Je crois qu'il va finir par aller faire ses besoins dans le jardin zen.

Et sur ces paroles, je dévale les vingt-sept fameuses marches, me félicitant pour cette fuite.

CHAPITRE 5

Le trajet jusqu'au bureau donne à mon corps une chance de se préparer pour la journée. Debout depuis quatre heures, il réclame une pause.

Ou peut-être est-ce mon entrejambe. Elle commence à tirer et à me faire mal – et pas comme après un long week-end de parties jambes en l'air exceptionnelles.

M'accroupir sur les toilettes a, de toute évidence, laissé des traces. Formidable. Je peux ajouter ça à la liste croissante des risques du métier.

Si seulement Declan avait été responsable de cette douleur, elle aurait découlé de raisons bien plus agréables. Fantasmer n'a jamais fait de mal à personne, pas vrai ? Je laisse mon esprit vagabonder, me demandant à quoi il peut bien ressembler sans son costume. Au lit. Sous des draps d'un blanc éclatant par un beau jour de printemps, les fenêtres ouvertes et les rideaux transparents ondulant sous l'effet de la brise, l'air imprégné de l'odeur d'un moment sensuel.

Serait-il un amant patient, dessinant lentement toutes

les courbes et les vallées de mon corps, faisant monter le plaisir crescendo ? Ou un partenaire intense et sans retenue, m'imposant des baisers fiévreux et laissant courir ses mains sur mon corps, avec ce besoin de contact, nos deux corps transpirants se laissant aller à l'oubli ?

Une nouvelle sorte de douleur apparaît entre mes cuisses, et elle se rapproche plus de celle que j'aurais aimé ressentir avec lui.

Pour la première fois depuis notre rencontre il y a quelques heures, je me laisse aller à rire. Et de bon cœur, avec le ventre qui bouge, les abdos qui se contractent et la poitrine qui se soulève, tant tout cela est dingue. Est-il en train d'en rire lui aussi ? Je ressens également un mélange d'incrédulité et de honte, mais le côté plaisant l'emporte. N'étant pas du genre à craindre l'autodérision, je remanierai cette histoire et je la raconterai à mes amis, de manière à ce que tout le monde pense : *Quelle idiote, cette Shannon.*

Declan pense-t-il seulement à moi ? Mon rire meurt alors. Peut-être ne suis-je qu'une barjo qui l'a fait bien rire, et il raconte à présent des histoires méchantes et cinglantes à ses collègues de travail sur cette nana rondelette qu'il a trouvée accroupie sur la cuvette dans les toilettes des hommes à repêcher son téléphone.

Suis-je la cible de plaisanteries ? Est-ce qu'il fait rire à mes dépens en me décrivant comme une anecdote incroyable, l'équivalent d'un lien BuzzFeed viral qui amène les gens à cliquer, rire un coup et passer à autre chose ?

Une boule dans ma gorge m'indique que j'accorde bien trop d'importance à ce qu'il pense. Pourquoi est-ce que je fantasme sur un type qui m'a piégée dans les W.C. pendant que je faisais ma visite mystère ?

Parce que tu es vraiment désespérée, siffle la voix de ma mère dans ma tête.

Je lui jette un chat imaginaire.

L'entreprise pour laquelle je travaille, Consolidated Evalu-shop, Incorporated, se trouve dans un bâtiment aussi quelconque que son nom. Si l'ennui avait un nom, ça serait Consolidated Evalu-shop. Le bâtiment est fait de blocs de béton. Les marches à l'intérieur sont aussi faites de béton. Pas de moquette. Le sol résonne donc sous nos pas. Si l'armée de Staline avait conçu un immeuble de bureaux, voilà à quoi il ressemblerait.

Heureusement, notre bureau en lui-même possède de la moquette. De la moquette industrielle bon marché, presque aussi épaisse que le porte-monnaie d'un parieur le lendemain du jour de paie, mais c'est tout de même de la moquette. Elle étouffe le bruit de nos pas et garde le sol chaud.

J'ouvre la porte principale et je rentre dans le bureau. Il y a une réception de la taille de deux ou trois tombes alignées, sans aucune chaise, puis sur la droite se trouve un long couloir, avec trois bureaux de chaque côté. Au fond du couloir se trouve une pièce que le propriétaire, Greg, appelle une « cuisine », mais pour moi c'est plutôt un placard avec un évier.

Envie d'un café ? Allez l'acheter au magasin de donuts à côté. Même chose si vous devez soulager un besoin naturel. Greg ne fournit pas d'avantages extravagants comme des toilettes, des micro-ondes, des machines à café ou même des stylos. Il se sert de tous les échantillons qu'il grappille aux milliards de congrès marketing auxquels il se rend (aux frais de la société, bien sûr.)

Pour être honnête, on a le droit à pas mal de cadeaux dans ce métier. Si vous faites suffisamment de visites mystères dans des banques et que vous ouvrez un nouveau compte, vous pouvez garder les stylos, blocs-notes, bouteilles d'eau, protège-canettes, grille-pains, coques de téléphone et autres cadeaux que vous recevez.

Greg équipe le bureau pour vraiment pas cher, mais il ne lésine pas sur l'assurance maladie. Je gagne peut-être légèrement plus qu'un sous-directeur à temps plein chez Gap, mais mon assurance maladie est payée à cent pour cent par mon employeur, donc je ne me plains pas.

En plus, il prend en charge nos frais kilométriques. Qui augmentent rapidement. Si vous conduisez un tas de ferraille comme le mien, il vous faut bouffer près de cinquante centimes par kilomètre pour nourrir les hamsters qui le font avancer.

— Oooh, j'en connais une qui a dû passer une bonne soirée. Tu marches comme une femme qui a eu sa dose et même plus, me lance Josh en m'adressant un clin d'œil alors que je rentre en boîtant dans le bureau.

Josh est l'informaticien de l'entreprise, ce qui veut dire que nous le prenons tous pour un chaman, un magicien, et surtout un nerd.

Mon regard noir devrait le faire brûler spontanément, ou du moins le transformer en hérisson atteint d'un cas sévère de psoriasis, mais pas de chance.

— Loin de là. Je me suis fait mal à l'entrejambe en m'asseyant sur la cuvette ce matin.

Il hausse les sourcils jusqu'à son front dégarni.

— Tu as besoin de manger plus de fibres.

— J'ai besoin de beaucoup de choses, Josh.

Et voilà que je boite encore. J'ai l'impression d'avoir monté un poney shetland durant trois jours. Au moins, je n'ai pas mal aux fesses. Mais l'idée initiale de Josh, qu'un homme me fasse ça au lit… M. Costume Sexy me vient immédiatement à l'esprit. Pas ce con prétentieux qui m'a fait tirer la chasse d'eau sur ma main et mon téléphone, mais celui que j'avais catalogué comme l'Homme parfait Avant Le Grand Fiasco Des Toilettes De 2014.

Mon bureau se trouve au niveau de la deuxième porte à gauche, coincé entre celui de Josh et d'Amanda. Il sent le pin et le vinaigre, ce qui veut dire que nous devons être jeudi. L'équipe de nettoyage est passée la nuit dernière. Je prends mon sac à main, je sors le sachet de riz avec mon téléphone dedans, je le pose sur le rebord de ma fenêtre pour le faire cuire au soleil et j'allume mon ordinateur.

Amanda a laissé une note sur mon bureau : *Laisse-le dans un sachet plein de riz pendant deux jours. Si ça ne fonctionne pas, on t'en achètera un nouveau. Greg ne sera pas content, mais tant pis. J'espère que les microbes n'ont pas eu raison de ta main.*

C'est tellement bon d'avoir une amie qui comprend vraiment vos TOC. Ou qui comprend votre mère. Ou les deux.

— Shannon ? J'ai récupéré tes données, me dit Josh, me fichant une sacrée trouille.

Il se déplace comme un vampire ; il se retrouve soudain derrière vous dans votre bureau sans que vous l'ayez entendu approcher. Je pense qu'il aime ça. Un vrai sadique.

Mais je lui pardonne : que vient-il de m'annoncer ?

— Tu as récupéré les données de mes magasins ?

L'espoir renaît.

— Tout se trouve sur le cloud à présent. Tu peux me remercier d'avoir mis en place cette application et d'avoir forcé Greg à dépenser de l'argent pour quelque chose d'utile. Tout est là sauf la dernière évaluation, car *tu* n'as pas appuyé sur Enregistrer.

Je reçois un regard noir qui me fait penser que Chatounet est plus évolué que la plupart des humains. Josh ressemble à un agneau qui fait semblant d'être en colère.

— J'étais perchée sur la cuvette des toilettes pour ne pas voir un homme en train de la sortir. N'essaye pas de me couvrir de honte.

— La seule honte est que tu n'aies pas essayé de regarder lorsqu'il l'a sortie, répond Josh, les yeux pétillants.

— Tu as récupéré les données des *huit* magasins ?

Je suis incrédule. Ça fait déjà ma journée, et il n'est que 11 h 37. Il hoche la tête. Je passe les bras autour de son cou et lui fais un câlin.

— Je te roulerais bien une pelle si tu n'étais pas gay, chuchoté-je.

— Si ton abstinence se prolonge, tu vas finir par me rouler une pelle alors même que je suis gay, marmonne-t-il en secouant la tête. Si ton entrejambe est seulement solli-cité lorsque tu te caches d'un beau mec dans les toilettes des hommes d'un magasin, le moment est venu d'analyser ton style de vie.

— Évaluons secrètement la vie de Shannon ! crie joyeusement Amanda, apparaissant pile au bon moment.

Comprendre : le moment parfait pour un nouvel épisode de Décortiquons la Vie Amoureuse Ratée de la Pauvre Shannon. Ma mère en est l'animatrice.

Nous sommes à la saison trois, épisode cinq si je compte bien. Netflix devrait acheter les droits de cette série. Les gens pourraient s'adonner au binge watching et montrer leur téléviseur du doigt en se bidonnant, soulagés de se dire : *au moins, notre vie ne craint pas autant que celle de Shannon.*

Je pourrais fournir un service public de premier plan.

— Et le Beau Gosse alors ? Il a demandé ton numéro ?

À l'évidence, Amanda et ma mère sont de mèche.

— Je suis sûre qu'il drague toutes les femmes qu'il rencontre avec un bras dans la cuvette des toilettes des hommes.

Vraiment ? Parce que si je ne suis pas la première femme qu'il rencontre de cette manière, alors le problème ne vient pas de moi. Mais de lui.

— Un sacré spécimen ! dit-elle gaiement. Tu sors du lot.

— Je suis la seule qui pourrait lui refiler la bactérie E. coli en lui donnant du raisin ! Je regarde nerveusement ma main. Elle n'a pas changé d'aspect.

— Tu ne sais pas comment il s'appelle ? demande Josh.

Mon cerveau se fige. J'ai *Declan McCormick* sur le bout de la langue, mais je le garde pour moi, comme un bonbon que l'on savoure et que l'on suce. Une vague de chaleur se manifeste dans ma poitrine et mon cou alors que je pense à ce que je pourrais sucer chez Declan.

Je secoue la tête avec force, comme un chien après une baignade.

— Non. Je sais juste qu'il est très riche, très sûr de lui, et suffisamment con pour que j'aie envie de lui.

Tous les trois, nous soupirons à l'unisson avec nostalgie.

Ils gobent mon mensonge. Pas étonnant. Nous sommes tous de très bons menteurs. On est un peu obligé de l'être dans ce métier, car on passe son temps à faire semblant d'être quelqu'un d'autre, tout en évaluant les gens en surface.

Ça implique d'être assez froid quand on voit les choses de cette manière. Je fronce à présent les sourcils et Amanda me regarde avec inquiétude. Puis je réalise que ses cheveux sont de nouveau noirs. C'est la quatrième coloration en quatre mois.

— Qu'est-ce que tu as fait ? demandé-je alors qu'elle me suit dans mon bureau. Hier encore, elle était blonde, et le changement est brutal, comme si elle était passée de Playmate à dominatrice.

— Carol a fait faux bond au salon de coiffure, j'ai dû faire une nouvelle couleur, coupe et coiffure, dit-elle tristement. Elle touche les pointes de ses cheveux. Je ressemble à Morticia Addams.

J'ai un petit rire amusé.

— Tu ressembles à Katy Perry.

Amanda est du style pom-pom girl. Elle l'était au lycée, et ça lui colle à la peau. Et oui, je mens un peu, car mis à part les cheveux noirs et les lèvres rouges, Amanda ne ressemble aucunement à Katy Perry. Elle me fixe d'ailleurs d'une façon bizarre, et cette nouvelle coiffure lui donne l'air de cette femme dans *Oddities San Francisco*.

Je ne sais pas si elle veut me confier un secret ou me mettre dans un bocal avec des porcelets à trois têtes de 1883 en bon état de conservation.

— Tu as fait tous les magasins ?

— Huit sur neuf.

Elle regarde l'horloge dans le couloir.

— Il reste vingt-trois minutes pour faire le dernier et on sera récompensées pour avoir dépassé les attentes des clients.

— Mais – euh – allô ? L'eau des toilettes ? Le téléphone mort ? Le beau gosse ?

Je n'ai aucun répit.

— Beau gosse ou non, on a cette grosse réunion à seize heures aujourd'hui avec Anterdec, et si on arrive à tout boucler dans les temps, on aura plus de chances de décrocher un contrat si gros que Greg devra mettre le chauffage à plus de 13 degrés l'hiver.

— Tu sais comment remonter le moral des troupes. Mais on ne plaisante pas avec ça, dis-je, faisant semblant d'éventer mon visage. Tu imagines si on était autorisées à allumer la lumière après le coucher du soleil ?

— N'abuse pas non plus, dit-elle d'une voix faussement plate.

Mais à cause de cette nouvelle coiffure, je sens mes abdos se contracter de peur. Je sursaute. Elle le remarque et fronce les sourcils.

— Tu ressembles à un personnage de roman BDSM, lui expliqué-je.

Un coin de sa bouche se relève. C'est à la fois adorable et flippant.

— Vraiment ? Dommage que je ne sorte avec personne en ce moment. C'est vraiment du gâchis.

Elle se passe la main sur le visage.

— Ha. Plus que vingt-et-une minutes ! Dépêche-toi ! Une fois qu'on aura les données de tous ces magasins dans le système, on pourra faire un contrôle qualité et aborder cette réunion cruciale avec un dossier irréprochable. Et alors peut-être qu'ils nous donneront le compte de Fokused Shoprite, dit Amanda avec un sourire triomphant.

J'en reste bouche bée.

— On a une chance de leur voler un de leurs contrats ?

Fokused ou Foked, comme nous l'appelons, est notre pire ennemi… euh, concurrent. Consolidated et Fokused sont les plus grosses entreprises d'expérience client et de marketing de la ville, et la concurrence est rude.

Si mon petit fiasco – la main dans les toilettes – nous avait coûté ce contrat, non seulement j'aurais pleuré toutes les larmes de mon corps, mais Greg aurait vendu les meubles de mon bureau sous mon nez et dépensé les 17 $ qu'il en aurait tirés pour payer le café au reste de l'équipe pour se venger.

Mon ordinateur s'allume et je me connecte à l'interface du site. Un *frisson* d'excitation me gagne lorsque je vois tous les magasins terminés de ce matin… à l'exception de ce neuvième en rouge.

Incomplet.

C'est à moi de jouer. Dix minutes plus tard, je coince sur la dernière question.

« Est-ce que les toilettes sont agréables visuellement ? » Je laisse mon esprit dériver à Declan, me souvenant de son regard de braise, de sa mâchoire finement musclée, de la fossette sur ses joues quand il riait. La coupe ajustée de sa veste sur mesure sur ces larges épaules, la force et la fermeté de ses mains sur moi s'assurant que je ne tombe pas.

Dans les toilettes, bien entendu.

Une relation peut-elle naître d'une telle rencontre ? Est-ce que je rêve au gland ? Ou suis-je condamnée à vivre le reste de ma vie entourée d'hommes dans des fast-foods le jour du sandwich à 5 $, ou de types qui ouvrent un nouveau compte en banque pour avoir deux tickets gratuits pour un grand parc d'attraction, ou…

J'inspire lentement, profondément, et je me souviens de la chaleur de ses doigts sur mon bras. Des questions brûlantes dans son regard. De son enthousiasme à rire « avec » – ou plutôt *de* moi.

J'appuie sur *Oui*, puis j'envoie les données, prête à me livrer au meilleur pitch client de toute ma carrière.

CHAPITRE 6

A manda et Greg aiment se vanter d'être les experts des pitchs client, mais s'ils font une bonne entrée en matière, je suis celle qui conclut.

Et en affaires, c'est le plus important.

J'ai ce sens inné qui me dit comment peaufiner mes arguments pour convaincre un vice-président du marketing ou un directeur des relations avec les consommateurs ou un vice-président *d'inventons un titre pour le fils du propriétaire* hésitants que Consolidated Evalu-shop, Inc. va aider leur entreprise à se placer sur un nouveau segment du marché qui leur permettra d'être à l'avant-garde d'un tournant radical du secteur.

Vous voyez ? Je suis douée.

Le marketing n'est vraiment rien d'autre qu'une salade de mots, mais pas du genre schizophrène.

Parler couramment le jargon des affaires n'est pas inné.

Avoir un pénis non plus. C'est une chose dont je ne suis pas dotée, mais j'en aurais un si je le pouvais.

Vous savez combien de vice-présidentes je rencontre ?

Peut-être une sur cinquante. Et de présidentes ? J'en ai rencontré une. Dans toute ma vie. Une poignée de directrices, davantage de directrices adjointes, puis la surabondance de « responsables », qui veut tout et rien dire, de l'équivalent d'un vice-président, mais en version sous-payée, à une secrétaire glorifiée.

Et quand vous entamez une réunion, vous n'avez aucune idée de ce à quoi vous avez affaire.

Devinez quel est mon titre ?

Ouaip. Responsable du marketing.

— Ils m'ont envoyé un e-mail ce matin, dit Greg.

Je le regarde attentivement. S'il y a une chose que je dois reconnaître à Greg, c'est qu'il présente bien. Il est un peu plus jeune que mon père, ce qui lui fait une quarantaine d'années. Du genre vieux, mais pas croulant. Il a des cheveux châtains coupés très courts sur son crâne dégarni, à la manière la des hommes qui n'admettent pas qu'ils perdent leurs cheveux. Sa femme lui a fait jeter ses vieilles montures de 1980 vissées sur son nez pour un look plus moderne et élégant, et son costume est fait sur mesure, ce qui va de soi. Il faut avoir la tête de l'emploi.

« Corpulent » est le terme générique pour décrire Greg. Il fait un père Noël formidable à la maison de quartier, et aujourd'hui il ressemble à un gentleman distingué prêt à en découdre autour de la table de réunion.

— Ils ont dit quoi ?

Amanda porte une longue jupe-crayon grise fendue derrière. Rien de très osé, mais avec ses hanches généreuses, elle a l'air d'une femme d'affaires sexy. Elle porte un top en soie rouge et un blazer noir. Avec ses cheveux noirs et ses lèvres rouges, elle a un look impeccable. Je dois m'empêcher de l'appeler Maîtresse.

— Ils veulent élargir le compte de soixante pour cent. Dans leurs établissements haut de gamme.

Amanda et moi étouffons deux cris d'excitation. Anterdec possède un nombre colossal de biens immobiliers, de groupes hôteliers et de restaurants dans le secteur. Ils doivent posséder au moins deux cents biens.

Un compte de cette taille, comprenant leurs hôtels de luxe, leurs restaurants gastronomiques et leurs services de transport haut de gamme, pourrait faire de Consolidated un acteur majeur des services de marketing pour les entreprises.

(Vous avez vu mon style ? Je devrais une rédactrice très bien payée. Au lieu de cela, j'ai passé les dix minutes qui ont suivi notre arrivée ici à passer un rouleau anti-peluche sur le dos de Greg pour enlever les poils de chat.)

— Vous voulez être les premières à évaluer en secret The Fort ?

Mon cœur s'emballe en entendant Greg. Les yeux d'Amanda s'ouvrent si grand que j'ai peur que l'un ne tombe. Le Fort est *l'*hôtel de bord de mer par excellence de Boston. Il paraît que les oreillers débordent de bonbons à la menthe. Les cheiks et les familles royales du monde entier y séjournent lorsqu'ils sont en ville.

Une nuit dans une suite standard coûte ce que je gagne en un mois.

— Prem's ! m'exclamé-je. Amanda grogne.

— Tout doux, vous deux. Si ça se concrétise, il y aura plus qu'assez de magasins pour vous deux et Josh. Les boutiques de luxe seront assurées en interne. Il faudra peut-être recruter de nouveaux employés.

— Il faudra peut-être ajouter du chauffage et un W.C., plaisante Amanda juste au moment où la réceptionniste attire notre attention et nous conduit dans la salle de réunion.

Nous sommes dans le quartier financier de Boston, où les gens comme moi cherchent à identifier le Starbucks ou le Boloco le plus proche, mais les personnes comme le vice-président du marketing d'Anterdec remarquent quel bâtiment possède un héliport pour les atterrissages d'hélicoptères.

Trois hommes en costume nous tournent le dos alors que nous entrons. Ils sont en pleine conversation. L'un possède des cheveux gris, les deux autres des cheveux bruns.

Aucune femme. Bien sûr.

— Déjà un avantage. Pas de femmes, murmure Greg dans mon oreille.

Il est à l'opposé du sexiste. Il nous verse tous, hommes ou femmes, le même salaire merdique.

Le bureau est superbe. Je m'attendais à une pièce vitrée et épurée, dans les tons noirs et gris donnant sur le bâtiment de l'autre côté de la rue étroite ; le quartier financier n'est pas assez proche de l'eau pour que tout le monde ait une vue de l'océan.

Mais je ne m'attendais pas à *ça*. Nous sommes au vingt-deuxième étage et la fenêtre donne sur un rooftop à côté, recouvert d'arbustes inspirés de… PacMan ?

— C'est un labyrinthe de PacMan sur ce rooftop ou je

déraille complètement ? chuchoté-je à Amanda, qui réprime un fou rire.

— C'est une importante société de développement de jeux vidéo à côté. Ils viennent juste d'être cotés en bourse. J'ai entendu dire que l'un des avantages de travailler là-bas est qu'ils vermifugent votre chien ou votre chat sur place pendant que vous travaillez.

J'ouvre la bouche pour répliquer quelque chose, lorsque les trois hommes se retournent et se lèvent, nous faisant face.

Ma bouche reste ouverte.

L'un des hommes est Declan McCormick.

Ses yeux rencontrent les miens et cinq émotions différentes se lisent sur cette mâchoire carrée, ces yeux vifs, cette peau bronzée. La plupart témoignent d'un état de choc. Toutes me font frissonner.

Puis il esquisse le sourire le plus sexy, chaleureux, espiègle que je n'aie jamais vu sur le visage d'un homme qui a pris contrôle de mes satanés sens et il lance :

— La Fille des Toilettes !

CHAPITRE 7

Les prochaines secondes peuvent se dérouler de nombreuses façons. Je peux faire semblant de ne pas savoir ce dont il parle et rester professionnelle, lui donnant des indications non verbales en espérant qu'il soit assez correct pour jouer le jeu.

Je peux tourner les talons et sortir du bâtiment en courant et en criant.

Je peux rire avec nonchalance et m'avancer avec grâce, tendre ma main et raconter l'histoire avec un raffinement d'auto-dénigrement et un humour si irrésistible que je conclurai l'affaire ici même.

Au lieu de cela, Amanda laisse échapper :

— C'est le *Beau Gosse* ?

Le visage de Declan passe de joyeusement amusé à ridiculement magnifique alors qu'il place sa main sur son menton et essaye de ne pas rire. L'homme aux cheveux gris regarde Declan puis moi avec un air agacé.

Il a l'air d'un homme qui n'aime pas être tenu à l'écart de l'action, et qui est habitué à être au centre de l'attention.

L'autre homme aux cheveux bruns s'avance d'un pas et tend la main à Amanda, qui se tient un peu plus près d'eux que moi.

— Bonjour, je suis Andrew McCormick, et vous êtes… ?

— Amanda Warrick, répond-elle d'un ton sec et professionnel.

Mais la poignée de main qui s'éternise est mutuelle.

Il semble lui lâcher la main avec beaucoup de réticence, puis se tourne vers moi :

— Mon frère vous appelle la Fille des Toilettes, mais je suppose que c'est un nom de scène ?

Amanda ricane. Greg donne l'impression que je viens de jeter son chiot reçu à Noël par la fenêtre du vingt-deuxième étage. Declan m'observe avec des yeux profondément curieux et une flamme d'intérêt qui donne l'impression que nous avons déménagé vers l'équateur. L'homme aux cheveux gris s'éclaircit la gorge.

— Vous avez l'air… rincée, me dit-il d'un sourire confus, mais avec des yeux malicieux.

Je peux voir à quoi ressemblera Declan dans trente ans.

Des rires à gorge déployée emplissent la pièce.

— Shannon Jacoby, dis-je, ignorant leurs bruits de macaques et m'avançant pour serrer la main de celui qui ne peut être que James McCormick.

Le PDG d'Anterdec. J'ai fait des recherches approfondies sur lui, mais jamais de la vie je n'aurais associé le nom McCormick à Declan. Amanda s'occupe des recherches plus personnelles, et je me donne un coup de pied mental pour ne pas avoir lu son briefing. Mais je n'avais pas vraiment prévu que Meghan me refile neuf magasins ce matin.

— Je suppose que vous vous êtes déjà rencontrés ? nous demande Andrew, regardant froidement son frère, indiquant clairement qu'il attend l'histoire complète plus tard.

— Attention, papa, tu ne sais pas où cette main a traîné, dit Declan d'un air pince-sans-rire alors que le doyen McCormick et moi échangeons une brève poignée de main

— Puis-je vous parler un instant ? demandé-je à Declan avec un sourire crispé.

La colère brûle en moi, transformant une chaleur étouffante et déplaisante en un désir incontrôlable annonçant la faute professionnelle.

Declan s'approche de moi et pose sa main dans le bas de mon dos comme pour me guider vers un coin tranquille de la pièce pour que je puisse râler contre lui pendant que les autres font connaissance.

Nous nous immobilisons tous les deux. Son geste, poli, mais ferme, envoie dans tout mon corps des décharges électriques et me donne une impression d'enracinement. Sa main représente le socle qui me manquait à mon insu. Notre souffle ne fait plus qu'un, et je m'abstiens de le regarder, car si je le fais, que verrai-je dans ses yeux ?

Si j'y lisais autre chose que mes propres sentiments, cela m'anéantirait. Et il est plus facile de vivre dans l'ignorance qu'avec la certitude du rejet.

Il se penche vers moi. Son souffle chaud me chatouille l'oreille, agitant légèrement les mèches qui s'échappent de mon chignon.

— J'ai pensé à vous toute la matinée, dit-il d'une voix rauque.

Des millions de répliques cinglantes me traversent l'esprit, mais je me contiens. Je ne pourrai pas lutter bien longtemps contre cette attirance.

Declan et moi sommes bien à la pointe d'un changement radical et monumental.

Et tout le jargon commercial du monde ne pourra changer les plans du destin.

— L'eau des toilettes a cet effet sur les hommes. On devrait la mettre en bouteille et la vendre au rayon parfumerie de Neirman Marcus.

Il ne réagit pas. Du tout. Pas de rire, pas de moquerie. Simplement cette chaleur qui émane de lui et me fait bouillonner.

— Que faisiez-vous vraiment dans ces toilettes ? finit-il par me demander, sa main décrivant des cercles lents dans mon dos.

C'est un contact infime, mais il me fait me coller à lui. Je m'imprègne de son odeur, un mélange de musc, de clou de girofle et de sophistication.

— Vous n'étiez certainement pas une étudiante sur le chemin de la fac.

— PlentyofFish.com n'a pas marché pour moi, alors…

— Vous êtes libre ? demande Declan. Pas de petit ami ? Et Mark J. ? Tout ce sexe dans la chambre froide, près des bacs à salade ?

Je suis sur le point de hurler.

— Vous m'avez appelée la Fille des Toilettes à une réunion d'affaires, dis-je, me souvenant de l'objet de ma colère.

Tout ce que je veux c'est devenir une flaque de Shannon à ses pieds et m'évaporer comme par magie pour me reconstituer dans son lit. Surtout si les draps sentent comme lui. Mais je suis ici en tenue professionnelle, après avoir ajouté un blazer à la tenue que ma mère a assortie pour moi, et Greg nous regarde comme si deux énormes signes de dollar lui sortaient des yeux.

— Et je suis le *Beau Gosse* ? On sent une pointe de sérieux derrière l'amusement.

Il m'a eue.

— Que diriez-vous si le Beau Gosse et la Fille des Toilettes allaient prendre un café après cette réunion, histoire de voir ? demande-t-il, ignorant ouvertement les autres personnes présentes dans la pièce.

— Vous m'invitez à sortir durant une réunion pour un pitch client ? demandé-je, incrédule. Ma carrière repose sur ce contrat. Si Greg ne le remporte pas, je suis coincée à faire des visites mystères chez les pédicures-podologues et les assureurs pour toujours.

— Et si je vous avouais que c'est la première fois ?

— Vous êtes vierge ? bafouillé-je, juste au moment où le doyen McCormick s'éclaircit la gorge.

Declan et moi levons les yeux, surpris. Vu la tête qu'ils font, ils ont entendu ma dernière question.

— Si nous pouvions repasser aux choses sérieuses, dit James, nous invitant à prendre place autour de la grande table en chêne.

Elle peut facilement accueillir vingt personnes et a des pieds sculptés plus épais que ma cuisse. Au cas où ce ne serait pas évident, cela veut dire qu'elle est immense et en bois massif. Elle semble sortir tout droit de la présidence de Teddy Roosevelt.

Le bureau tout entier empeste *l'homme* : des canapés et des fauteuils de pub en cuir marron épais, de riches tapis persans, plus grands que toute la surface de la maison de mes parents, des meubles en bois massif et des lampes en verre inspirées par Frank Lloyd Wright – ou de *véritables* Frank Llyod Wright, probablement.

Le visage – entre autres – en feu, je prends place autour de la table. Declan s'assied en face de moi. Je suis en face de la fenêtre, et la vue est superbe. Et le ciel est sacrément beau lui aussi.

Greg disserte pendant cinq minutes sur des conneries marketing qui étaient importantes à mes yeux, mais à présent tout ce que je parviens à faire, c'est regarder Declan en douce et me demander comment remettre le génie dans la bouteille. Je ne veux pas être attirée par lui. Je ne veux être attirée par personne.

Pour moi, la soirée idéale consiste à câliner Chatounet sur le canapé en me gavant de séries Netflix avec mes feuilletés au crabe et la soupe aigre-douce du restaurant du bout de la rue. Le type me connaît si bien qu'il me laisse lui donner un pourboire de trois dollars pour faire un rapide tour à l'épicerie et m'acheter mon pot de glace préféré.

Si *ça*, ce n'est pas de l'amour. Même si vous devez l'acheter.

Ce genre d'intérêt mutuel est mortel. Il tue tout espoir. Voilà comment ça fonctionne : je l'apprécie. Il m'apprécie. On fait des cochonneries au lit. Je veux parler de sentiments. Il veut parler de tout sauf ça. Je veux un futur.

Il veut une autre petite amie.

Vous voyez ? Je peux écrire le script clés en main.

Et rebelote.

Steve m'a jetée, car je voulais un avenir avec lui et il voulait l'équivalent féminin de la silhouette sur le capot des Rolls-Royce. Ce que je ne suis pas selon Steve, pensé-je en lissant mon haut sur mes hanches généreuses. La femme vers laquelle il s'est tourné ensuite est posée, bien coiffée, possède un master en santé publique de Harvard, et vient d'une famille descendant des premiers passagers du Mayflower.

Mes origines de Mendon ne peuvent rivaliser.

Pourquoi est-ce que je pense à Steve maintenant ? me demandé-je. Mais alors que je regarde autour de moi et que je vois Amanda se lancer et débiter des statistiques sur les nouveaux tests de produits et les ventes incitatives des vendeurs des chaînes de fast-food d'Anterdec, je comprends pourquoi.

Car Steve devrait être assis à une table comme celle-ci. En réalité, il l'est sûrement en ce moment. À négocier un contrat avec un groupe d'hommes en costume au sourire narquois, qui considèrent les femmes avec lesquelles ils travaillent comme des subalternes.

J'observe Declan regarder Amanda, et je le détaille. Il a l'air sérieux à présent. Ses yeux suivent les diapositives PowerPoint alors qu'elle enchaîne les graphiques et les tableaux magnifiquement alignés dans le but de les convaincre d'une chose :

Nous connaissons notre métier.

Vous voulez améliorer votre service client, réduire les

vols commis par vos employés, fidéliser les clients et augmenter votre clientèle ?

Laissez-moi rôder dans les toilettes des hommes et vous rapporter ce que je vois.

Les images de la matinée me reviennent avec une telle force que je me sens mise à nue et vulnérable. C'est comme si nos costumes, les tapis, notre attirail professionnel n'étaient que des accessoires visant à dissimuler le fait que nous sommes des êtres primitifs qui se désirent.

C'est nouveau.

C'est trop.

Quelqu'un prononce mon nom. Puis le répète. Et je ressens une vive douleur à la cheville.

— Aïe ! laissé-je échapper.

Le regard noir d'Amanda est encore plus dur que sa cheville qui s'écrase de nouveau sur la mienne. Elle me donne des coups de pied.

— C'est ton tour, l'experte en conclusion, murmure-t-elle.

Je regarde autour de la table. James, Andrew et Greg me regardent avec impatience.

Je me lève, complètement paniquée. Le PowerPoint que j'ai préparé se trouve sur le même ordinateur qu'utilise Amanda, mais c'est comme-ci j'avais perdu toutes mes capacités organisationnelles. Declan n'arrête pas de me regarder.

Comme *ça*. Comme s'il me regardait nue et qu'il s'apprêtait à parcourir chaque centimètre carré de...

James fronce les sourcils tandis qu'Andrew lance un regard complice à Amanda. Je me racle la gorge, mais avant que je ne puisse dire quoi que ce soit, Declan m'interrompt.

— Nous avons une autre réunion qui va commencer, dit-il.

— Ah bon ? s'exclame Andrew avant de pousser un petit cri de douleur. J'ai l'impression qu'Amanda n'est pas la seule à donner des coups de pied dans les chevilles, car Declan regarde son frère d'un air féroce.

— Oui. Et en tant que le nouveau vice-président marketing, c'est moi qui prends les décisions, ici, pas vrai ?

Il jette à James un regard glacial.

Toute convivialité s'évapore de la pièce. Greg donne l'impression qu'il va vomir, puis arbore un sourire triste.

— Y a-t-il une raison pour laquelle vous ne me laissez pas finir la présentation ? demandé-je d'une voix glaciale.

S'il compte se comporter comme un enfoiré et me couper l'herbe sous le pied, et que tout ça n'était qu'une sorte de jeu, je ne partirai pas sans avoir eu mon mot à dire. J'ai fait assez de présentations comme celle-ci pour savoir que si vous parvenez à convaincre le cadre dirigeant, même si les deux autres n'approuvent pas, vous avez de bonnes chances de conclure le contrat.

— Oh, vous la finirez, répond Declan d'un ton méprisant.

Cela me fait mal à la mâchoire, et je me mords la langue.

— Mais pas maintenant. Il se plonge dans son portable, évitant tout contact visuel. Il souffle le chaud et le froid comme le vieux radiateur dans le bureau de Greg.

James reste silencieux. J'ai l'impression que ce n'est pas habituel pour lui. Ses yeux se posent sur moi, puis sur Declan.

— Bien sûr, c'est à toi de voir.

— Mais ma présentation renferme des données concrètes qui pourraient vraiment influencer votre décision, dis-je.

Je ne compte pas m'avouer vaincue.

— J'aimerais reporter votre présentation, dit Declan tandis qu'il se dirige à grandes enjambées vers la porte.

Andrew le suit, lentement, avec l'attitude de quelqu'un qui n'est pas habitué à être le suiveur.

— La reporter à quand ? demande Greg.

— Ce soir. Shannon et moi aurons un dîner d'affaires. À dix-neuf heures. Portez quelque chose de chic lance-t-il par-dessus son épaule en sortant.

La colère m'envahit et je me lève, traversant la grande pièce en quelques secondes. Je lui touche l'épaule et il se retourne, le regard froid, méprisant.

— Vous ne pouvez pas m'ordonner d'aller à un rendez-vous avec vous ! crié-je.

La réceptionniste tend l'oreille, intriguée.

— Qui a parlé de rendez-vous ? Son visage est insondable. C'est une réunion d'affaires. Laissez votre adresse à Stacia et elle enverra un chauffeur chez vous.

Sur ses paroles, il sort d'un pas raide. Je commence à le suivre, mais Amanda et Greg apparaissent.

— Il ne peut pas faire ça ! postillonné-je sur Greg.

Soutiens-moi, mec, me dis-je.

James McCormick sort, l'air perplexe, et me dévisage.

— Mlle Jacoby, je suppose que vous ferez forte impression à Declan ce soir ?

Forte impression ? Et puis quoi encore ? Je passe une audition pour *The Voice* ? Qui se soucie de ce stupide compte ? J'ai été réduite en quelques secondes en un jouet pour garçon par M. le Connard en Costume, et je m'apprête à dire aux McCormick leurs quatre vérités.

Greg intervient, enfin. Bien. *Nous y voilà, patron. Défends-moi.*

— Shannon en serait ravie. Je suis sûr que M. Declan aimera tout ce qu'elle lui montrera ce soir.

Sur ses paroles, James McCormick prend congé, disparaissant de nouveau dans le bureau de la taille d'un terrain de football.

Je me tourne vers Greg, scandalisée.

— Merci de me prostituer !

Il hausse les épaules.

— Il a dit réunion d'*affaires*. Si c'est ce qu'il faut pour décrocher ce contrat, tu peux discuter du déroulement des opérations et de la satisfaction client lors d'un dîner aux chandelles, pas vrai ?

— Est-ce qu'un VP marketing t'a déjà dit de « porter quelque chose de chic » et a déjà fait envoyer une limousine chez toi pour un dîner d'*affaires* ?

Silence.

— Vois le bon côté des choses, dit Amanda, mettant sa sacoche d'ordinateur en bandoulière et me gratifiant d'un regard compatissant. Ce sera forcément mieux que la façon dont vous vous êtes rencontrés.

— Et toi ! m'exclamé-je. « Le Beau Gosse » ? Sérieusement ? Tu as… Je ne vous connais même pas. Mais on dirait ma mère !

Ils frémissent tous les deux.

— C'est un peu bas, Shannon, marmonne Amanda alors que nous nous dirigeons vers l'ascenseur.

Greg se précipite vers Stacia la réceptionniste et je l'entends lui donner mon adresse. Mon Dieu. C'est comme si ma mère lui donnait des cours particuliers.

— Et me prostituer auprès du VP d'Anterdec Industries, ce n'est pas un coup bas ?

— Je suis sûr qu'il ne fera rien de déplacé, répond Greg alors qu'il nous rattrape.

— Dommage, dit Amanda.

C'est le tour de Greg de paraître indigné. Il est assez vieux – tout juste – pour être notre père, et si la plupart du temps il agit comme un collègue, ce n'est pas le cas à ce moment. Une atmosphère paternaliste remplit la pièce. C'est plus ce que j'attendais durant cette réunion et j'aurais apprécié qu'il se comporte comme tel à ce moment-là, mais je vais prendre ce qui se présente.

— Tu n'as absolument pas besoin d'aller à ce dîner d'affaires ce soir, dit-il, d'un air résolu. Amanda tourne brusquement la tête, surprise par la fermeté de ses mots.

— J'irai à ta place.

— Porte quelque chose de chic, ricane Amanda.

Il lui adresse un regard noir. Mon estomac se serre. J'avais envie de l'entendre dire ça, mais je ne veux pas qu'il aille jusqu'au bout. Me retrouver en tête-à-tête avec Declan à un rendez-vous – pardon, à un dîner d'affaires – me semble particulièrement réjouissant. C'est l'occasion de prouver que je suis plus que la Fille des

Toilettes. D'une façon plus pragmatique, si l'on peut mélanger travail et plaisir, pourquoi ne pas aussi décrocher un contrat de plusieurs millions de dollars tant que j'y suis ?

La conversation qui se déroule dans ma tête me donne envie de prendre une douche pour enlever la sensation de saleté que je ressens et le besoin d'en prendre une avec Declan. *Mmmm*, Declan dans la douche en train de me savonner et…

— Tu vois à quel point elle est bouleversée ! chuchote Greg à Amanda. Ce regard vide…

Amanda pouffe de rire :

— Je pense qu'elle bave, Greg. Elle a le regard d'une femme qui pense au Beau Gosse.

Il semble offensé.

— Pourquoi est-ce que quelqu'un… vous les femmes vous êtes si… je ne comprends pas. Nous montons dans l'ascenseur et il appuie sur le bouton pour fermer les portes. Il ne s'en est toujours pas remis lorsque nous atteignons le niveau du parking où est garée sa voiture.

— Et d'ailleurs, que crois-tu que ta mère dirait si elle savait ?

— Elle me vendrait tout comme tu l'as fait, Greg. Et rentrerait chez moi et couperait trente centimètres de plus dans la fente de toutes les robes que je possède. Elle fait une meilleure maquerelle que toi lorsqu'il s'agit de sortir avec un milliardaire.

— Il n'est pas milliardaire, trouve seulement à répondre Greg.

— Il le sera lorsqu'il héritera de sa part d'Anterdec.

Amanda parle avec l'autorité de quelqu'un qui a fouillé

dans tous les coins et recoins de la vie d'un homme sur Google.

Un puissant vertige me saisit et je me cramponne à la rampe en fer placée au-dessus des marches en béton près de la voiture de Greg.

— Un milliardaire ?

Maman aurait son mariage au country club de Farmington et plus si je… STOP !

— Tu te sens faible, Shannon ? demande Greg en s'arrêtant, me regardant attentivement. Tu sembles fragile aujourd'hui.

Un regard horrifié se dessine sur son visage tandis que je m'efforce de garder tous les bagels de ce matin.

— Tu n'es pas… tu ne serais pas… tu sais ?

Il mime un ballon de basket devant son ventre déjà gros comme un ballon de basket.

— Quoi ? Une lutteuse de sumo ? imite Amanda avec une brutalité étonnante.

— Enceinte, murmure-t-il.

Tous deux se regardent avec la même expression choquée, puis éclatent de rire, le bon fou rire où on s'essuie les yeux et où on essaie de ne pas se faire pipi dessus.

— Très drôle, dis-je.

— On sait. Tu ne peux pas être enceinte. Tu serais l'Immaculée Conception, couine Amanda.

Mon vertige passe.

— Vous avez fini de vous moquer de moi ?

Allons-y.

Ils se calment et Greg déverrouille sa voiture à distance. Nous montons dedans. Je m'assieds à l'avant et Amanda ronchonne. Je lui lance un regard noir digne de

Chatounet et elle bat en retraite, montant derrière sans un mot.

— Tu es attendue quelque part ? demande Greg en rechignant alors que je tape du pied avec impatience.

— Je dois trouver quelque chose de chic à porter ce soir.

CHAPITRE 8

— S ale balance !

Il est 18 h 45 et des terroristes extrémistes me retiennent en otage avec une liste de revendications qui fait passer le groupe Al-Qaida pour des enfants jouant aux pirates.

— Je ne voulais pas lui dire, insiste Amanda. Elle m'a posé des questions sur le Beau Gosse et…

— Je t'entends.

Je suis à cinq centimètres de ta bouche, dit ma mère, agitant un pinceau pour fard à paupières comme si elle dirigeait l'orchestre de Boston Pops. De temps à autre, elle touche vraiment ma paupière. Elle n'avouera pas qu'elle a besoin de verres à double foyer ; ses lunettes sont si basses sur son nez qu'elles pourraient tout aussi bien être en Albanie.

Elle n'y voit rien, et je redoute rapidement de ressembler plus à Grippe-Sou qu'à Olivia Wilde. Ma mère m'a promis qu'elle pourrait me faire ressembler à elle, à Scarlett Johansson ou à Jennifer Lawrence, avec assez de temps et de maquillage haut de gamme.

Je serais heureuse pour l'heure si j'arrive à conserver toute l'acuité visuelle de mon œil gauche, dans lequel elle a déjà enfoncé deux fois le pinceau.

— Tu dois être belle pour attirer l'attention d'un milliardaire, dit ma mère.

Puis elle fronce les sourcils et pose le pinceau. Alléluia.

— Je sais, minaudé-je.

— Bon, et le reste ?

Ses yeux passent au peigne fin son œuvre. Je pense qu'elle aimerait peindre Mona Lisa, mais devra se contenter de Lisa Simpson.

— Le reste ? J'ai rasé mes jambes et mes aisselles.

Je me suis épilé les sourcils…

— C'est ça qui a changé ? Tu as utilisé quoi, ma chérie ? Une débroussailleuse ?

Je la regarde. Elle tressaille. Il me semble voir Chatounet esquisser un petit sourire.

— Tu peux partir maintenant, dis-je pour la énième fois. C'est un dîner d'affaires.

— Tu as rasé ta… tu sais ?

Elle indique vaguement la zone de mon entrejambe.

— Mes genoux ? Oui.

Je fais exprès de ne pas comprendre.

— Non ! Ta zone rose.

Je m'étrangle et tousse de façon incontrôlable. Je dois être en train de rêver, nous ne sommes pas en train de parler de ça ? Sérieusement ? Qu'ai-je fait dans une vie antérieure pour mériter ça ? J'étais Eva Braun, c'est ça ?

— Toutes les filles de ton âge le font. Comme si avoir un poil pubien ou deux était une sorte de crime social.

Elle parle, et les mots sortent de sa bouche, mais je ne l'entends pas à cause des cris d'agneaux dans ma tête.

— Mais bon, les hommes de ton âge s'attendent à une chatoune lisse, donc…

Chatounet courbe le dos, ses poils se dressant, et ouvre la bouche, se mettant à cracher.

— Une quoi lisse ?

— Une chatoune, chuchote-t-elle, prononçant claire-ment le mot.

Chatounet lui crache dessus.

— Hein ?

— C-h-a-t-t-e, épelle ma mère. C'est le terme qu'uti-lise ton père maintenant que nous avons besoin de pimenter les choses au…

— Hara-kiri ! Donne-moi un couteau de cuisine ! crié-je juste au moment où ma sœur, Amy, rentre.

— Pour tuer maman ou toi ? Elle porte un sac de provi-sions et un très grand doigt en mousse.

— N'importe. Les deux. Maman était en train de me dire *touuuuut* ce que papa aime dire comme cochonneries au lit.

Amy blêmit.

— Maman ? Il y a des limites ! S'il te plaît !

— Quoi ? Ce n'est pas comme l'autre fois où je t'ai parlé de changer de diaphragme, car il n'arrêtait pas de glisser quand on faisait l'amour et faisait ces étranges bruits de succion.

Je pense que même Chatounet a pâli en l'entendant
Ma mère continue.

— Votre père dit que les bruits lui rappellent Dark Vador. On a mis en place ce jeu de rôle avec la princesse Leia et Han Solo…

Mon téléphone sonne. J'ai reçu un SMS. Merci mon Dieu. Sauvée par le chauffeur de la limousine.

— Je dois y aller ! dis-je. C'est quoi ce doigt en mousse ? Tu as un rencard avec Robin Thicke ?

Amy me donne l'impression d'être un chien dont les yeux ont été arrachés par un bambin.

— Où tu vas ?

Elle jette le doigt en mousse à Chatounet, qui s'enfuit. Mais elle ne répond pas à ma question, car, maman décide de jouer la crieuse publique.

— Shannon a un rencard avec un milliardaire ! s'exclame-t-elle.

— Ah oui ? Et moi, je suis fiancée au lutin des céréales Lucky Charms ! répond Amy, frappant dans ses mains avec un enthousiasme surjoué.

Je sors avant d'en entendre davantage.

Sauf que ce n'est pas le conducteur de la limousine qui m'accueille lorsque je descends en talons hauts mes vingt-sept marches. – J'ai l'impression d'être perchée sur des épingles de douze centimètres. –

C'est Declan.

Ma mère a insisté pour que je porte une petite robe noire, en mettant l'accent sur « petite ». Je fais un bonnet D. Son ensemble aux fines bretelles équivalait à des badges de scouts couvrant mes seins.

Mon blazer ajusté à détails festonnés fonctionne bien. Le collier en diamant et les boucles d'oreilles empruntés à ma mère viennent compléter l'ensemble. Tant que je ne me tords pas une cheville ou que je ne tue pas un petit animal avec mes talons hauts, ça devrait aller.

Declan porte ce qui semble être un smoking, mais sans cravate. Il s'approche, et l'espace d'un instant le soleil couchant derrière lui englobe son corps, les teintes de rose et de violet zébrant le ciel gris. Il s'avance vers moi, l'air totalement absorbé, les yeux rivés sur moi, affamé et admiratif. Je sens mes entrailles se serrer et s'emplir d'un sentiment inconnu.

Du désir.

Il me prend la main. Il sent le savon, le clou de girofle et l'après-rasage. Je veux le goûter. On dirait qu'il veut me dévorer.

— Bonsoir ! lance quelqu'un derrière moi.

Je ferme les yeux et fais la grimace alors ma mère enfreint sa règle du *Tu devrais* et nous interpelle du haut de mes escaliers.

— Amusez-vous bien les enfants.

— Ce n'est pas le bal de promo, maman, crie Amy par la porte ouverte de mon appartement.

— Bien sûr que non, répond ma mère d'un ton sec. Ce soir-là, Shannon a eu ces crampes douloureuses et son rencard avait des poux, donc elle n'y est même pas allée !

Le visage d'Amy apparaît l'espace d'un instant à la porte avant qu'elle n'entraîne ma mère qui proteste à l'intérieur. *Bam !*

Je cligne des yeux trois ou quatre fois, sans rien dire. Le pouce de Declan commence à faire de lents va-et-vient qui me rendent dingue comme s'il calmait un cheval effrayé.

Sa main tremble un peu. Pas à cause du stress. Mais parce qu'il rit.

Je retire vivement ma main, reprenant mes esprits. C'est une réunion d'affaires. D'affaires. Simplement d'affaires.

— Je promets que je n'ai pas de poux, dit-il.

Je manque de répondre du tac au tac *Et je n'ai pas mes règles*, mais j'ai déjà envie de me terrer dans un trou et de mourir. Pourquoi aggraver encore plus mon cas ?

— Ne pas avoir de poux est une grande qualité pour un VP du marketing. Surtout que beaucoup d'entre eux sont des parasites.

— Ouch !

— Tu sais, j'aspire à en devenir une un jour.

— Shannon Jacoby, cheffe des morpions. Son visage se durcit alors qu'il réalise ce qu'il a dit.

— C'est du grand n'importe quoi, Declan.

— Et si on arrêtait de parler et on se contentait de monter dans la limousine.

Ce n'est pas une question. Sa main se pose en bas de mon dos et nous nous figeons tous les deux. Je sens l'électricité circuler entre nos deux corps. Son pouls devient le mien. Les minuscules poils que je distingue sur son poignet se dressent lentement, comme si on venait de les solliciter, un peu comme… eh bien comme une autre partie de son corps, probablement.

Sa main dans mon dos remonte le long de ma colonne vertébrale, passant sur la laine fine de mon blazer, et s'enfonce dans mes cheveux détachés, d'une manière respectueuse, mais qui m'envoie un sacré signal. Il n'y a pas de faux-semblant. Je n'ai pas à deviner s'il est intéressé. Et les signaux que j'envoie sont si évidents que la seule manière d'être plus explicite serait de louer un panneau publicitaire et d'y accrocher une photo en couleur de six mètres de moi, nue et accompagnée de la légende « JE VEUX COUCHER AVEC TOI, DECLAN ».

Ça ne peut pas être aussi facile, pas vrai ? J'ai la tête qui tourne alors que ses doigts parcourent la peau douce de mon cou, me faisant pousser un petit cri de surprise. Je le regarde. Ses lèvres paraissent douces. Agréables. Délicieusement autoritaires.

Un lointain tintement de verre résonne soudain. Particulièrement strident, il rompt le charme.

Declan regarde vers ma porte d'entrée. Ma mère est debout près de la fenêtre ouverte tenant un verre de vin et une cuillère, tapant doucement dessus comme si elle assistait à un mariage et invitait les mariés à…

— Le bisou, le bisou, le bisou, scande-t-elle.

Declan me regarde, et avec un visage impassible, me dit :

— Je pense que ta mère veut qu'on y aille en douceur.

Amy écarte ma mère de la fenêtre et j'entends des cris sourds. J'attrape la main de Declan et le tire jusqu'à la porte de la limousine. Le chauffeur l'ouvre et je monte dedans si vite et avec un tel manque d'élégance que j'entends la couture de ma jupe se déchirer dans le bas.

Declan l'entend aussi, mais il s'assoit sur le siège en cuir beige et regarde la vaste étendue de peau couleur crème exposée par ma mésaventure. Une scène d'un film que j'ai vu récemment, où un couple fait l'amour dans une limousine, la femme en robe de bal, chevauchant l'homme, choisit ce moment précis pour se rappeler à moi, comme pour me torturer.

— Belles jambes, dit Declan.

— Je parie que vous dites ça à toutes les responsables marketing.

Il va pour dire quelque chose et j'ajoute :

— Et à aucun vice-président du marketing.

Il réfléchit un instant et dit :

— Vous marquez un point.

CHAPITRE 9

Nos regards se croisent.

— Où va-t-on ?

C'est un soulagement de pouvoir bavarder simplement.

Il cite un restaurant que j'ai toujours voulu essayer ; mais pour y avoir une table, il faut au moins sortir avec un milliardaire.

Oh.

— Ça a l'air sympa, dis-je en hochant la tête.

M'adossant contre le cuir brillant, j'essaye de m'imprégner de mon environnement sans montrer que je suis bouche bée. Les sièges en cuir épousent mieux mon corps que l'imitation de matelas à mémoire de forme Tempur-Pedic de mon père et ma mère. Un petit réfrigérateur et quelques carafes de ce que je suppose être des spiritueux nous entourent. La limousine semble pouvoir accueillir aisément six personnes, huit à la rigueur.

Étant seulement deux, nous avons largement assez de place pour nous mettre à l'aise.

À l'horizontale. Nous chevaucher.

Je ferme les yeux, tentant d'arrêter le flux d'images sensuelles qui inondent mon cerveau. Le souffle régulier de Declan n'aide pas, il me transperce comme s'il le synchronisait avec les images de mon esprit. Son parfum me séduit.

Je suis piégée.

Declan choisit de ne rien dire, il me regarde comme si c'était la chose la plus naturelle au monde. Il ne me quitte pas des yeux, et je me demande de quoi j'ai l'air. Des cheveux longs et détachés. Du maquillage, globalement là où il est censé être. Un corps voluptueux vêtu d'une robe censée respirer le raffinement. Un blazer féminin ajusté qui laisse entendre que je peux être sexy en dessous, mais que de l'extérieur je suis habillée de façon professionnelle. Mon monde intérieur s'effondre, pierre par pierre, et Declan tient la masse qui le détruit. Les femmes comme moi n'entrent pas dans des voitures comme celle-ci. Nous ne sommes pas invitées à dîner – que ce soit pour affaires ou pour le plaisir – par des hommes comme Declan. Et nous n'entretenons certainement pas de folles idées de vie à deux avec des hommes qui grimperont si haut dans le monde des affaires que les femmes comme moi resteront toujours… eh bien, des responsables.

Quelles que soient les illusions que je me fais sur son attirance pour moi, elles viennent seulement du fait qu'il me regarde comme s'il était sincère. Comme si j'étais aussi belle et désirable que le dit son regard.

Il est très doué pour faire comme si j'étais digne d'attention.

Son téléphone sonne, me faisant sursauter. Sa respiration ne change pas, et son mouvement élégant et fluide m'impressionne. Rien ne semble le déstabiliser. D'un timbre de voix suave, il parle à une personne nommée Grace. La cadence de leur conversation m'est rapidement familière. Prévoir des hélicoptères et des jets privés me dépasse peut-être, mais je n'ai pas de mal à reconnaître une conversation logistique. Grace est sûrement son assistante de direction. Durant leurs vingt minutes de conversation, il est question de la Nouvelle-Zélande, d'une réception, puis d'un vol retour vers la côte ouest.

Je passe tout ce temps à souhaiter que mon cœur cesse de bondir dans ma poitrine.

Si je n'étais pas une aussi petite nature, je me ferais un shot de ce qui se trouve dans la carafe en cristal près de mon coude, un liquide ambré qui a l'air délicieux. Mais deux verres et je suis pompette. Trois et je suis saoule.

Quatre et je me lance dans une version karaoké minable de « Bad Romance » à pleine puissance. Qu'il y ait une machine à karaoké ou non.

De temps à autre, Declan me jette un regard d'excuse, et je me contente de sourire faiblement. Un haussement d'épaules ici et là lui fait comprendre que tout va bien. Je comprends. Vraiment.

En fait, cette conversation téléphonique m'aide à me concentrer. Les affaires. Nous sommes là pour les affaires. Je ne suis pas à un rendez-vous galant avec lui. Son entreprise souhaite s'offrir des prestations spécifiques pour plusieurs millions de dollars par an, et ma société aimerait se proposer d'aider.

C'est tout.

C'est une transaction. Pas une relation. Et sûrement pas une liaison.

— Ce sera au restaurant ? murmure Declan au téléphone, puis son visage devient neutre, mais il semble sourire avec les yeux.

Grace répond quelque chose. Declan conclut « Parfait », et raccroche brusquement. Cela pourrait sembler impoli si ce n'était pas la norme. Je suis sûre que Grace exécute une danse qu'elle et Declan ne connaissent que trop bien, veillant à ce que le bateau navigue sans encombre, quitte à se débarrasser des conventions sociales au profit d'une redoutable efficacité.

Il range le téléphone dans la poche de son costume au moment où le chauffeur ralentit la limousine, l'arrêtant doucement. Je regarde par la fenêtre. Nous y sommes.

Sauf que l'entrée par laquelle nous passons n'est certainement pas celle de la *populace*. On ne voudrait pas que les masses incultes côtoient les gosses de riches, pas vrai ? Ma propre amertume me surprend, et j'ai du mal à regarder Declan pendant une minute ou deux.

Son regard change, comme s'il lisait dans mes pensées. Il semble vouloir dire quelque chose, mais aucun mot ne sort. Le chauffeur ouvre ma portière et la main de Declan saisit la mienne.

Mon cœur s'emballe au contact de sa peau nue contre la mienne. Mon Dieu. Si cet homme peut m'amener à la limite de l'orgasme rien qu'en me prenant la main, je vais faire une attaque si jamais nous nous retrouvons au lit, nus.

Et voilà que je recommence… qu'est-ce qui ne va pas chez moi ? Ce n'est pas moi. Je ne pense pas comme ça. Non seulement je ne déshabille pas des inconnus aléatoirement dans ma tête, me faisant un petit film porno à leur sujet, mais je ne pense jamais aux coups d'un soir.

Les seuls types avec qui j'ai couché étaient d'abord des amis. De bons amis. Je suis plus habituée à la lente et tranquille transition vers l'attirance physique et quelque chose de plus, une relation réfléchie minutieusement et discutée.

J'aime prendre mon temps. Me révéler couche après couche aux hommes. Tremper un orteil dans l'eau et le retirer. Je suis le genre de personne qui entre dans une piscine centimètre par centimètre, s'arrêtant pour frissonner et s'acclimater.

Declan est l'équivalent sexuel de faire une bombe. À 4 heures du matin. Au mois de mars, dans le nord du Vermont.

Alors que je descends, ma jupe déchirée dévoile tellement mes cuisses que j'aurais tout aussi bien pu donner naissance.

Le sourcil de Declan se lève en signe d'appréciation. Contrôler ma respiration devient une seconde nature.

Je me lève et il se dirige vers moi, passant sa main dans mon dos. Il sent le clou de girofle, la cannelle et le tabac. Mais pas la cigarette.

— Vous fumez ? demandé-je alors qu'il me conduit vers une énorme porte en chêne qui s'ouvre d'un coup sur un concierge en smoking.

— Non. C'est l'odeur de la pipe de mon père. Nous sommes restés tard au bureau.

C'est une odeur gourmande et épicée de cardamome et de thé du Bengale. Je voudrais le laisser infuser dans de l'eau chaude et le boire.

Nous entrons dans une pièce au plafond voûté si haut

que je m'attends à lever les yeux et à apercevoir Dieu avec
son doigt tendu. La lumière du crépuscule filtre par les
fenêtres arrondies. Les murs sont recouverts d'acajou
foncé et l'éclairage tamisé donne au restaurant un aspect
utérin. Après la réception, j'aperçois la salle principale, où
d'épais rideaux bordeaux encadrent chaque table.

C'est un endroit conçu pour l'intimité.

— Mlle Jacoby.

Le maître d'hôtel apparaît. Il semble avoir environ
l'âge de mon père, avec des cheveux gris et un bouc poivre
et sel. Il est plus petit que Declan, mais mince, comme un
triathlonien. Vêtu d'un smoking légèrement différent de
celui du concierge, il respire le luxe et l'excellence du
service.

Dans sa main se trouve une petite boîte blanche avec
un nœud et un médaillon en papier doré. Il me la tend.

Perplexe, je regarde Declan, qui sourit. Je fais glisser
mon ongle le long du sceau doré et j'ouvre la boîte.

C'est un petit bouquet.

— Qu'est-ce que… ?

Un rire sentimental me prend, et tout d'un coup je me
sens à l'aise.

— Vous avez raté votre bal de promo, alors je me suis
dit que…

Declan était calme, détendu et serein jusqu'à cet
instant. Or il ressemble tout à coup à un adolescent
nerveux de dix-sept ans. Mais il se reprend rapidement,
affichant de nouveau cette expression impénétrable.

Je sors le petit bouquet de la boîte et l'épingle à mon
blazer. C'est un assortiment élégant de petites roses rouges

et blanches accompagnées d'un brin de gypsophile. Simple. Raffiné.

Spécial.

Je me mets sur la pointe des pieds et dépose un baiser sur sa joue. Mes lèvres frôlent sa mâchoire lorsque je me retire. Il est rasé de près, mais le contact râpeux de sa peau contre la mienne emplit tout mon corps d'un désir immédiat.

— C'est le geste le plus attentionné qu'on n'ait jamais fait pour moi lors d'une réunion d'affaires. D'habitude, j'ai de la chance si j'ai ma propre prise pour mon ordinateur portable. Je ne peux exprimer ce que je ressens vraiment, un mélange de reconnaissance excessive et de joie. Mon moi adolescent exulte. Les mots *Merci* et *Il m'apprécie !* résonnent un millier de fois par seconde dans mon esprit et mon cœur.

La boîte disparaît comme si le maître d'hôtel était Dumbledore avec sa baguette magique, et il nous conduit vers une table pour quatre, entourée de trois côtés par d'épais rideaux de velours. Un lustre à la lumière tamisée est accroché au-dessus de nous.

Declan tire ma chaise et je m'assieds, me rapprochant de la table. La pression du cuir frais sur le haut de mes cuisses me surprend. Mince. Ma jupe s'est déchirée *aussi* haut ?

Je suis de nouveau déconcertée. Un petit bouquet ? Le parfum enivrant des roses et de la bienveillance embaume l'air. Declan me regarde d'une façon qui indique que ce n'est *pas* une réunion d'affaires, et mon corps lui répond comme à aucun autre homme. De toute ma vie. Même Steve ne m'a pas fait ressentir ça.

— Je ne suis pas non plus allé à mon bal de promo, dit-il alors que nous nous installons.

Un serveur remplit nos verres d'eau et une bouteille de vin apparaît. Sans qu'on me le demande, je me retrouve avec un verre de vin rouge.

Je déteste le vin rouge.

— J'aurais cru que vous seriez le roi du bal de promo, dis-je.

Il secoue la tête, fronçant les sourcils. Puis il fait un signe de la main comme pour éloigner un mauvais souvenir.

— Quoi ? demandé-je.

Je me sens plus audacieuse à présent, comme si j'avais le droit de lui faire cracher le morceau.

— Je… je l'ai manqué à cause de ma mère, dit-il d'un ton réticent, comme si l'aveu allait à l'encontre de sa nature.

— Votre mère ?

— Elle était hospitalisée.

Mon esprit s'emballe. J'essaie de me rappeler tous les détails qu'Amanda et moi avons glanés sur Anterdec en faisant des recherches après notre réunion. Je sais que le nom de l'entreprise vient des prénoms des trois fils : Andrew, Terrance et Declan. An Ter Dec. Mais Mme Mc-Cormick… je ne me souviens de rien à son sujet.

— Elle est morte le lendemain de mon bal de promo, avoue Declan à voix basse.

Nos regards se croisent, et le mien doit être horrifié, car il tend la main pour prendre la mienne et *me* réconforter. C'est sa mère à lui qui est morte.

— Vous avez perdu votre mère aussi jeune ?

Je ne peux pas m'en empêcher. Ma gorge se remplit de sanglots compatissants. Ma mère est peut-être une vraie plaie, mais je ne sais pas ce que je ferais sans elle.

— Ça fait dix ans, dit-il d'une voix rauque. Mais merci.

— De quoi ?

— De réagir de cette façon.

— De quelle façon ?

— Comme si vous vous en souciiez. La plupart des gens ne s'autorisent pas à réagir sincèrement à quoi que ce soit d'émotionnel.

— Je ne suis pas comme la plupart des gens.

Mais ce n'est pas vraiment ce que je voulais dire. Ce que je veux dire, c'est que *J'ai le cœur sur la main*, mais cela semble trop personnel. Ce n'est qu'un dîner d'affaires, pas vrai ?

En effet.

— Je suis désolée, dis-je, retirant ma main à contrecœur.

Il la serre et commence à faire courir son pouce sur la peau douce de mon poignet.

Il ne va pas me laisser battre en retraite.

— Alors, dites-moi pourquoi vous avez besoin de plus de conviction pour confier ce compte à Consolidated, dis-je, en essayant de changer la teneur de ce rendez-vous.

J'échoue lamentablement.

— Dis-moi pourquoi tu as si peur de moi, demande-t-il abandonnant le vouvoiement.

Je tends la main pour attraper le verre de rouge et le fais tournoyer. La dernière fois que j'ai bu du vin rouge, c'était avec mon ex, Steve, lors de notre dernière sortie avec ses collègues. Il m'a traînée à ce gros dîner d'entreprise et j'ai bu un verre et demi alors qu'il m'envoyait un million de signaux non verbaux durant tout le repas.

Il a enchaîné les regards noirs et n'a pas cessé de lever les yeux au ciel, car je faisais tout de travers.

Declan prend une gorgée de vin et reporte son attention sur moi.

— Je n'ai pas peur de toi, dis-je en me calquant sur sa familiarité.

J'ai vraiment envie de vin blanc. Une bataille intérieure voit le jour. *Laisse tomber*, dit une petite voix en moi. *Exprime-toi et affirme-toi,* en dit une autre. Des petits-enfants de milliardaire, dit la voix de ma mère.

Je prends une grande gorgée de vin rouge et l'avale.

— Peut-être que tu as peur de toi-même, dit-il.

— Peut-être que j'ai peur que tu penses que mon boss me prostitue pour que j'obtienne ce contrat.

— Peut-être que je ne suis pas désespéré au point d'échanger des faveurs sexuelles contre un contrat.

— Peut-être qu'il n'a jamais été question de coucher.

— Peut-être que je suis plus intéressé par le fait de savoir pourquoi tu étais perchée sur cette cuvette. Tu n'as toujours pas répondu à cette question.

Je ne peux m'empêcher de rire.

— Pourquoi selon toi ? Je finissais ma dernière visite mystère de la journée. Qui selon toi évalue la propreté des toilettes ?

Il marque une pause et prend une autre gorgée de vin.

— Je ne me suis jamais posé la question.

Il me tient toujours la main, mais son pouce ne bouge plus.

— Bien sûr que non. C'est *mon* boulot. Pas le tien.

Je me penche et lui dis à voix basse :

— Et merci de ne pas demander de compter les poils pubiens sur le bloc W.C.

— Hum… De rien ? Il marque un temps d'arrêt. Nos concurrents demandent ça ?

— Et pire encore. Ne me demande pas ce que je dois faire lorsque je dois évaluer un salon de manucure et passer en revue leurs procédures antifongiques.

Il ferme les yeux, mais il trouve ça drôle.

— Comme c'est romantique.

— Je ne parlerais pas comme ça si c'était un rencard. Mais nous sommes là pour affaires.

Nous regardons tous les deux nos mains entrelacées. Puis nos regards se croisent et il commence à dire quelque chose, mais le serveur apparaît et se présente. Après avoir récité une multitude de plats du jour, il nous laisse enfin commander. Je prends le filet et Declan commande un plat complexe à base de faisan.

— Pas de salade ni de poisson ? demande-t-il lorsque le serveur s'éloigne.

Nous nous sommes lâché la main. Cela semble étrange d'avoir rompu le lien. Nous sommes assis l'un à côté de l'autre, alors que la table est grande.

— J'aurais dû ? C'est une visite mystère et c'est le plat obligatoire ?

Je le taquine, mais il me vient à l'esprit que c'est la première fois depuis très longtemps que je suis au restaurant et que je peux choisir exactement ce que je veux.

Il penche la tête et m'étudie. Dans la lumière tamisée

du restaurant, j'aperçois des mèches auburn dans ses cheveux.

— Parle-moi de ta vie.

— Wouah. Rien que ça ?

Il sourit jusqu'aux oreilles, dévoilant ses dents parfaites.

— Dis-moi tout.

— Je vais te parler du compte, insisté-je, m'efforçant de ramener la conversation aux affaires.

Il soupire.

— Tu *as* le compte.

— Vraiment ? crié-je d'une voix aiguë.

— Bien sûr. Maintenant, je veux en savoir plus.

CHAPITRE 10

— **A**ttends. C'était quoi ces questions sur la salade et le poisson ?

Chaque chose en son temps.

— Parce que c'est ce que commandent toutes les femmes avec qui je vais au restaurant.

— Vraiment ? Il y a un code pour les repas ? J'enfreins une règle en prenant du *bœuf* ?

— Tu as commandé ce qui te faisait envie. Je trouve ça séduisant. Pas de faux-semblant. Pas de questionnements. Tu es juste Shannon.

Ce qui n'était pas suffisant pour Steve.

— Je suis la responsable marketing de Consolidated Evalu-shop, Declan. Tu viens juste de me dire que nous avions décroché le contrat. Merci.

Détourne l'attention, détourne l'attention, détourne l'attention.

— Non, merci à *toi*. Dès que j'ai compris ce que tu faisais dans ces W.C. pour hommes, j'ai su que nous devions confier ce dossier à ton entreprise.

Sous le choc, je lâche presque le verre de vin. Une minuscule éclaboussure de vin rouge tache la nappe blanche. On dirait du sang.

— Tu savais qui j'étais ?

— Pas tout à fait. Mais j'avais compris que tu étais de chez Consolidated. Nous savions que ton entreprise s'occuperait de nos magasins dans la semaine. C'est une des raisons pour lesquelles j'étais là. À faire des contrôles ponctuels des magasins.

— Et tu n'as rien dit ?

— J'ai dit beaucoup de choses. Tu as protégé ta couverture autant que possible. C'était même hilarant.

— Et embarrassant.

— Je ne le nie pas.

— La plupart des gens me trouvent peu raffinée.

OK, *Steve* me trouvait peu raffinée. Pourquoi est-ce que je pense à Steve en ce moment ? Je devrais faire semblant d'aller aux toilettes et écrire un SMS frénétique pour annoncer la bonne nouvelle à Amanda et Greg.

— Tout petit ami qui penserait ça serait un imbécile incapable de discerner un vrai être humain d'une poupée gonflable.

— Je n'ai pas parlé de petit ami, protesté-je.

— C'était inutile.

Je suis partagée entre offense et attirance pour lui, la professionnelle en moi me criant que c'est déplacé, et la femme en moi souhaitant se coller contre son corps et l'explorer dans les moindres recoins.

Je ne parviens qu'à pousser un drôle de gémissement de défaite et de confusion.

Du coin de l'œil, un mouvement soudain m'interpelle.

Un couple vient d'entrer dans le restaurant. La femme a de longs cheveux blonds et lisses qui lui arrivent jusqu'aux fesses. Elle est élancée et fine, et porte une robe blanche moulante rehaussée d'une ceinture de soie d'un rouge vif. L'homme qui l'accompagne est penché. Je ne vois pas son visage, mais je me raidis lorsque je reconnais son corps. Je connais ces larges épaules, cette taille fine et la coupe de ce costume Armani avec cet insigne universitaire sur le revers.

Steve se lève et balaye la salle du regard. Tendant le cou, il observe les alentours, cherchant quelqu'un à impressionner. Il est important de se constituer une clientèle, disait-il toujours. Mais tomber sur quelqu'un d'important dans un café-restaurant, un bar ou à la salle de sport peut être encore plus bénéfique. Ses yeux se posent… directement sur moi. Il détourne la tête, comme s'il n'en croyait pas ses yeux. Il resserre son emprise sur la taille de sa partenaire, comme pour dire *Je suis pris.*

Sans déconner, Sherlock.

Declan suit mon regard et plisse les yeux. Il prend de nouveau ma main. Comme un prédateur. Comme s'il me revendiquait. Qu'il marquait son territoire.

Peut-être que je suis prise, moi aussi, Steve.

— Qui est-ce ? demande Declan.

Je vois les yeux de Steve se fixer sur Declan. Il le reconnaît immédiatement.

Steve est un opportuniste dans l'âme. Il semble savoir exactement qui est Declan. Je pourrai écrire le scénario les yeux fermés.

— C'est mon ex, dis-je sans bouger les lèvres.

— Un bon ou un mauvais ? marmonne-t-il.

Je détache les yeux de Steve pour regarder Declan. Quel genre d'homme comprend aussi bien les subtilités des relations ?

— Un ex arriviste. Les filles de Mendon, ce n'est pas son truc. Il a préféré un modèle plus sympa, chuchoté-je, sentant mon estomac se serrer.

Declan rapproche sa chaise de moi et me dit avec un visage grave

— Ne fais pas ça.

— Faire quoi ?

Steve et son rencard discutent encore avec le maître d'hôtel, bien que Steve nous montre du doigt. Ses yeux s'illuminent lorsqu'elle aperçoit Declan, et elle s'adresse à Steve d'un air animé.

— Le laisser te dicter comment te voir.

J'ai un petit rire amusé.

— Ce n'est pas si facile.

— Ça peut l'être.

— Ça peut l'être, l'imité-je.

Je tends la main vers mon verre de vin et le bois d'un trait, non sans quelques haut-le-cœur.

— C'est à toi de décider, Shannon.

Il me regarde d'un air sérieux.

— Pourquoi t'es-tu changé en milliardaire glacial à la fin de la réunion, tout à l'heure ? demandé-je.

Qu'est-ce que j'ai à perdre ? Autant abandonner et être moi-même au point où j'en suis. Ma journée a commencé de façon merdique, et tandis que Steve traverse lentement l'imposante salle du restaurant dans notre direction, il me semble qu'elle va se terminer de la même façon.

— Car j'ai appris il y a très longtemps qu'il est préférable que les gens réagissent à *toi* plutôt qu'aux *autres*.

Étonnée, je médite sur ses paroles. Ses mots résonnent encore dans mon esprit quand apparaît un Steve expansif et flatteur.

— Shannon ! Quelle merveilleuse surprise ! Steve fait sa meilleure imitation de Tin Gunn. Tu es magnifique !

S'ensuivent des bises évanescentes tandis qu'il se penche vers moi et m'embrasse maladroitement. Je me prends son revers de laine bleue dans la bouche.

La femme qui l'accompagne donne l'impression qu'elle vient de manger un citron.

— Jessica Coffin, je te présente…

Steve marque une pause. La main de Declan serre fermement la mienne.

—… une vieille connaissance, Shannon Jacoby.

Une vieille connaissance ? Très bien… Si pour toi, la femme à qui tu comptais acheter une bague de fiançailles et avec qui tu as couché pendant près de deux ans est une « vieille connaissance »…

Je ne me lève pas. Elle me tend la main. En lieu et place de sa paume et de ses doigts, j'ai l'impression d'avoir affaire à un saumon frais. Coffin est un vieux nom de famille de la Nouvelle-Angleterre, typique du *Mayflower*. Il lui va bien.

Steve me regarde, puis Declan, puis moi, puis Declan, s'attendant visiblement à ce que je fasse les présentations. Ses yeux se posent sur nos mains jointes.

Je n'ai jamais vu un coyote au moment où ses oreilles captent le bruit d'une proie – condamnée –, mais en voyant Declan regarder Steve, je me fais une assez bonne idée de la chose. C'est du style *Animaux sauvages : la guerre des territoires* – bientôt sur TLC, tout de suite après *Honey Boo Boo* !

Steve s'éclaircit la gorge. Jessica ressemble à une Barbie scandinave, qui s'ennuie à mourir. Finalement, Declan se lève et lâche ma main, mais pose une patte protectrice sur mon épaule. Il fait un geste de son autre main.

— Pourquoi ne pas vous joindre à nous ?

Je jurerai qu'il a grogné. Juste un peu.

Chatounet serait *très* intimidé par le regard que je lance à Declan. En fait, j'invoque probablement mon chat grâce à la projection astrale, car mes yeux deviennent le mal à l'état pur.

Declan se contente d'un clin d'œil.

Un clin d'œil ! Comment peut-il m'adresser un clin d'œil lorsque je lui lance mon regard laser de la mort qui tue ?

Steve se précipite pour s'asseoir à côté de Declan, laissant Jessica plantée là, le coin droit de sa lèvre agité d'un tic. Ou bien une bulle de botox a éclaté. Difficile à dire.

Elle s'éclaircit la gorge. Steve l'ignore. Il s'apprête à ouvrir la bouche et à dire quelque chose à Declan. Il ressemble à un chiot golden retriever qui peine à se retenir de retapisser l'entrée en attendant qu'on le fasse sortir.

— Hum hum, répète Jessica, lançant à Steve un regard si glacial que même lui ne peut l'ignorer.

Declan reste debout, se dirige avec galanterie vers sa chaise, la tire et incline la tête. Son expression se fissure en morceaux de la taille d'un glacier, et un sourire façon boule à facettes apparaît sur son visage.

Steve ne se rend compte de rien. Rien d'étonnant à cela. C'est un joueur, un homme d'action, un type qui a le pied posé sur le prochain barreau de l'échelle sociale, où qu'il soit – comme il me l'a rappelé si souvent lorsqu'on était ensemble. Ses yeux sont rivés sur la récompense, et il ne s'agit plus de Jessica.

Mais de Declan.

Qui regarde Steve comme s'il voulait le vermifuger.

Pendant ce temps, mon cœur danse le cha-cha et mes jambes commencent à trembler. À ce moment-là, le serveur vient nous proposer du vin.

— Nous souhaiterions commander la même chose que Declan, dit Steve d'un ton pompeux, qu'il réserve pour interagir avec « le personnel » lorsque nous sommes face à de gros bonnets. Declan observe alors Steve, qui est à présent assis en face de moi et me lance un regard qui veut dire *Ne gâche pas tout*.

Declan échange quelques mots en français avec le serveur, qui fait mine de tourner les talons.

— Un instant, dis-je.

Le serveur s'arrête.

— Je préférerais un vin blanc plus léger.

— Tu as commandé du bœuf, dit Steve en fronçant les sourcils. On boit du rouge avec du bœuf.

Il sait que j'aime le steak, mais la façon dont il le dit m'irrite. Je sens une vague de colère envers moi-même m'envahir. Le présupposé que j'étais une plouc incapable de savoir ce qu'elle faisait constituait la base de notre relation.

Et le pire dans tout ça ? C'est que j'ai renforcé la chose. Pas le fait que je sois une plouc, mais cette idée.

Declan dit autre chose en français au serveur, qui me fait un signe de tête et s'éloigne. Puis il se tourne vers Steve et dit :

— Vous connaissez mon nom ?

Steve rit de sa façon faussement raffinée. Il ne semble pas réaliser à quel point il semble prétentieux. Je le vois, mon père l'a vu dès la première poignée de main qu'il a échangée avec Steve, Amy le voit, mais beaucoup de gens côtoyant Steve ne l'ont jamais remarqué.

C'était le travail de ma mère de *ne pas* le voir. Tout ce qu'elle voyait lorsqu'elle regardait Steve, c'était Harvard et Farmington, et des petits bébés issus d'un père en MBA mignons tout plein dans leurs pyjamas Hanna Andersson assortis, couchés dans leur lit à barreaux PoshTots.

La mâchoire serrée et le regard froid de Declan m'indiquent que lui le voit très clairement.

— Tous ceux qui s'intéressent à ce qu'il se passe dans cette ville savent qui sont les McCormick, dit joyeusement Steve.

Mauvaise réponse.

Jessica est assise en face de Declan et moi de Steve. Declan glisse la main sous la table et se penche vers moi, sa main chaude atterrissant sur ma cuisse. Bien que tout ce qui se trouve sous ma taille soit masqué par la table, pour quiconque est témoin de la scène, ce qu'il fait est évident.

Le visage de Steve se pare d'un rose pâle que je ne lui ai jamais vu, et Jessica roule tellement des yeux qu'elle brûle vingt calories en le faisant.

— C'est une bonne chose d'être attentif, dit Declan, tournant les yeux vers moi.

Il me serre la cuisse. Je pose ma main sur la sienne et j'essaye de l'enlever.

Elle ne bouge pas d'un poil.

Quelque chose en moi se brise et m'inonde en même temps, le désespoir et les tentatives de garder l'illusion du contrôle se dissipent tous en une vague de plaisir. Peut-être est-ce dû au vin que j'ai descendu. Peut-être est-ce lié à la sensation de la main de Declan sur ma jambe, à moitié sur le tissu de ma jupe et à moitié sur mon collant. Oui, la déchirure était si importante que ça.

Toujours est-il que je ne me suis jamais sentie aussi bien.

À présent, Steve me passe en revue. Il a fini de fixer Declan, et me regarde comme s'il avait sous-estimé la valeur d'un bien abandonné.

Le serveur choisit ce moment précis pour revenir avec une bouteille de blanc et quatre verres. Il en verse une petite quantité dans un verre. Declan fait le nécessaire : il en boit une petite gorgée et approuve. J'ai enfin le droit à un fabuleux verre de vin blanc et le serveur sert la même chose à Declan.

Il en offre à Jessica, qui hoche la tête. Steve refuse.

Après avoir remis la bouteille fraîche dans le seau à glaçons près de mon coude gauche, le serveur demande à Jessica ce qu'elle souhaite commander.

— Je vais prendre une petite salade de légumes du jardin avec du vinaigre et de l'huile, et le tilapia.

Declan laisse échapper un petit rire et j'essaye de ne pas l'imiter. Salade et poisson. Comme prévu. Le seul moyen d'éviter de rire bêtement est de boire mon verre, ce que je fais. Je le vide d'un trait. Comme si c'était du Gatorade. Je décide à ce moment précis de commander le plus gros dessert de leur carte et de le déguster avec enthousiasme.

Car je *peux me le permettre* Et il n'y aura pas de sirop d'érable dedans.

Les yeux de Steve lui sortent de la tête tandis que Jessica garde cette même expression d'ennui ferme. Peut-être un nouveau combo Xanax-Botox. Peut-être injectent-ils directement le Xanax sous la peau, car quoi qu'il faille pour obtenir ce regard vide complètement dépourvu d'émotions, ça ne peut être naturel. C'est forcément artificiel. Quelqu'un l'a breveté.

Mais son visage se transforme du tout au tout lorsqu'elle parle à Declan. La reine de glace devient une douce et chaleureuse princesse, prête à tout pour le séduire. Je sais que je n'ai aucun droit sur lui ou quoi que ce soit, mais la manière dont sa main étudie l'intérieur de ma cuisse me fait penser qu'il a fait des études de géographie avec un vif intérêt pour la cartographie.

Je ne l'arrête pas. Je ne le veux pas. Et il ne semble pas vouloir arrêter non plus. Il effleure ma peau du bout des doigts, formant de légers cercles, prenant son temps pour observer les réactions de mon corps, que je ne parviens pas encore à mettre en mots.

Bonne chance, Jessica. Tu ne peux pas rivaliser avec la Fille des Toilettes. Mais tu peux toujours essayer.

Steve alterne entre requin féroce et stagiaire blessé. Je peux voir que sa perception interne de la hiérarchie du monde a été profondément bouleversée. Habitué à me traiter comme un indispensable social lors des dîners comme celui-là, il pensait qu'il devait me coacher minutieusement. Comme si j'étais un handicap ambulant prêt à commettre un faux pas à tout moment et ruiner ses chances de succès.

Et pourtant, je l'ai aimé. C'est toujours un peu le cas. Car même avec la main de Declan qui retranscrit en morse l'intégralité des scènes chaudes de *Cinquante nuances de Grey* sur ma jambe, une partie de moi veut aider Steve. Quoi que cela signifie.

— J'ai vu l'exposition de votre frère au Bromfield, dit Jessica à Declan, saisissant l'occasion pour tendre la main et lui toucher l'avant-bras.

Mes yeux se posent sur sa main parfaite et fine, et d'un coup, la seule viande que je veux avoir entre mes dents, ce sont ses doigts. La possessivité fait passer mon corps en état d'alerte maximum, et la main de Declan s'arrête de bouger. Même lui peut le sentir. Il bouge son bras juste assez pour lui faire enlever sa main tout en prenant son verre de vin, me gratifiant d'un regard en coin qui signifie qu'il a bien reçu le message.

— Le Bromfield est une galerie d'art moderne, me dit Jessica de manière appuyée, se penchant encore plus vers Declan.

Elle le dit à la manière d'une animatrice d'émission de télévision pour enfants expliquant un nouveau concept à un public imaginaire de quatre ans.

— Je suis plutôt du genre Fountain Street Studios, dis-je en tendant la main vers la bouteille de vin dans le seau.

Les yeux de Steve s'élargissent. Le signal est évident. Je suis censée attendre que quelqu'un me serve, ou demander à Declan ou à Steve de le faire, ou je suis censée disparaître dans un trou géant créé par mon horrible manque de manières.

Au lieu de cela, je verse le reste du vin dans mon verre et celui de Declan, et repose doucement la bouteille.

— Fountain Street ? demande Jessica avec un sourire sarcastique et les yeux aussi larges que des soucoupes, alors qu'elle regarde avec une fausse impuissance Steve et Declan. Je ne pense pas avoir entendu parler d'eux.

— Ils se trouvent à Framingham, dis-je, faisant semblant de ne pas remarquer son ton condescendant.

Elle renifle, s'attendant à ce que les hommes se prêtent au jeu. Framingham est une ancienne ville ouvrière dont même le centre-ville n'est pas le genre d'endroit où Jessica pourrait imaginer sa femme de ménage vivre.

— Le vieil entrepôt ? demande Declan. Celui que les artistes ont repris comme une sorte de coopérative ? Ses yeux s'illuminent. Nous avons fait venir des photographes professionnels de chez eux pour une opération de promotion dans l'immobilier. Un travail haut de gamme et de qualité.

Les yeux de Jessica s'ouvrent plus grand, mais cette fois, ce n'est pas lié à la coquetterie. Un regard acéré à Steve le fait littéralement s'enfoncer dans sa chaise, comme si ses couilles se dégonflaient.

— Tu es déjà allé à leurs portes ouvertes ? demandé-je. L'endroit organise des événements de temps à autre, et j'ai toujours voulu y aller.

— Non, mais je pense que nous allons le faire. Le rendez-vous est pris, murmure-t-il, assez fort pour que Steve et Jessica l'entendent.

Elle se penche en arrière en reprenant son visage de

citron et Steve tend le bras vers sa main avec un regard affectueux. Elle tolère son contact comme si elle se faisait faire un frottis. Elle a même ce frisson, celui de l'acier froid glissant sur sa peau.

Declan et moi prenons nos verres à vin exactement au même moment, et il trinque avec moi.

— Un toast !

Il regarde Steve et Jessica, qui prennent tous deux leur verre. Steve laisse échapper un soupir, comme s'il retenait sa respiration depuis trop longtemps.

— À quoi trinquons-nous ? demande Steve.

Declan baisse les yeux pour réfléchir, et sa main s'étale pleinement sur ma cuisse, la massant de haut en bas. Je n'essaie plus de faire semblant de l'ignorer à présent, détendue par le vin et ses attentions – à la fois publiques et privées. Mes doutes s'estompent à mesure que le scénario s'affine. Aussi fou que ça puisse paraître, Declan a sa main chaude posée sur ma peau, ses yeux rivés sur moi, et je suppose que ses paroles vont aussi graviter autour de moi.

— À... un milliardaire sinon rien ! lance Declan.

CHAPITRE 11

Jessica inspire si vivement qu'elle donne l'impression de faire une crise d'asthme lorsqu'elle expire. Steve boit avidement une gorgée – ou dix – de vin sans trinquer avec qui que ce soit.

Declan trinque doucement avec moi. Ses yeux brillent de tant de non-dits. Cependant, sa main qui remonte le long de ma cuisse, jusqu'à mes hanches et jusqu'au creux de mes reins est plus parlante que des milliers de mots.

— Je pensais que tu allais dire, « à la Fille des Toilettes », avoué-je à voix basse, me penchant vers lui.

Mes lèvres sont si proches de son oreille que je pourrais la lécher. Seul son léger mouvement de recul m'arrête. Il est désormais hors de portée. Le courant d'air provoqué me donne envie de respirer son odeur chaque jour. Il pourrait mettre ce parfum en bouteille. Pur Declan.

Il glousse tout bas.

— Ça aurait été trop facile. De plus, murmure-t-il, si tu es à la recherche d'un milliardaire, ne compte pas sur moi.

J'en suis très loin. Mais d'un point de vue technique, tu en as après la société de mon père, et *lui* est milliardaire.

Avant que je puisse réponde, Steve intervient d'une voix forte et autoritaire :

— Je ne peux pas rivaliser. Je ne suis que millionnaire.

S'ensuit un petit rire faux d'autodérision. Jessica lui adresse un sourire éclatant, que je pensais réservé aux hommes comme Declan, qui sont plus importants que Steve. Je sais – et Steve le sait – qu'il n'est pas vraiment millionnaire. « En théorie », avait-il pour habitude de dire. Euh, d'accord. Même moi, simple diplômée en marketing, je sais que si vous avez 1,5 million de dollars en capitaux, vous n'êtes pas millionnaire si vous avez aussi 1,2 million de dettes.

Mais qu'en sait une idiote de Mendon avec une licence de UMass ? Je suppose que Jessica a fait Wellesley. Trop fragile pour Smith, et trop riche pour Wheelock. En revanche, elle a un master de Harvard.

Le regard de Steve me pénètre, froid et avide à la fois. Bien que je déteste l'avouer, il ne me laisse pas indifférente. Cela fait près d'un an qu'il m'a larguée, alors même si je ne suis pas un tas de morve me nourrissant de glaces et d'expresso entre de saines doses de dégoût de soi et une bonne injection de désolation, il est toujours l'homme que je pensais épouser. Celui qui m'a offert mon premier orgasme. Celui qui m'a applaudie lors de la remise des diplômes. Celui qui m'a patiemment expliqué le fonctionnement des tableaux croisés dynamiques sur les feuilles de calcul.

Et soyons honnêtes. C'est quelque chose de rare. Vous pouvez trouver n'importe qui pour coucher avec vous, mais un expert en tableaux croisés dynamiques qui arrive à les expliquer simplement ? Ça, c'est précieux.

Declan respire l'exotisme. C'est le choix extrême. Comme un risque fou que l'on peut prendre quelques fois dans sa vie, mais qu'on regrette de laisser passer. Steve était comme la vieille tondeuse à gazon rouillée, mais fiable dans le garage. Elle n'avait rien de spécial, mais elle démarrait chaque printemps comme prévu, et elle était toujours là.

Jusqu'au jour où elle vous laissait tomber.

Mes analogies deviennent vraiment stupides. Le vin me fait m'étirer avec un bâillement inattendu.

— La taille ne compte pas, pas vrai, Shannon ? C'est la voix de Jessica venant de la gauche. La taille du compte bancaire je veux dire, ajoute-t-elle, faisant un clin d'œil à Declan.

Même Declan semble choqué. Je pense que ce commentaire ferait taire ma mère, et inciterait Chatounet à lui faire un high five. C'est si… vache. Ce bruit sourd que vous venez d'entendre ?

C'est Steve qui se fait jeter.

Je me sens un peu mal pour lui, mais c'est difficile de me concentrer là-dessus avec le pouce de Declan qui caresse ma peau douce tel un pinceau au toucher soyeux. Il me fait frémir. Une coulée de lave en fusion se déverse dans mes veines. Mon corps tambourine de désir pour lui.

Attendez ! C'est un rendez-vous d'affaires. Je ne suis pas censée m'appuyer contre une montagne de muscles vêtue d'un costume sur mesure. Je ne suis pas censée être tout excitée et m'ouvrir telle une fleur en sentant le parfum de mon petit bouquet de roses offert par mon cavalier…

euh mon *associé*. Je suis censée me sentir mal pour Steve, car tout son cadre conceptuel sur le fonctionnement du monde vole en éclats. Il doit être rincé (petit clin d'œil à ma mésaventure). Le serveur nous apporte les plats.

Je vois qu'il a aussi commandé le filet. Nous trouvions ça mignon, et oui, je commandais du vin blanc avec mon steak à l'époque. Il trouvait aussi ça mignon jusqu'à ce qu'il entre en dernière année de MBA.

En cet instant, Steve est si concentré sur Declan qu'il ne semble pas comprendre que Jessica vient d'insulter son pénis et son compte bancaire, et a réussi d'une certaine manière à me transformer en sa confidente. Impressionnant de parvenir à un tel résultat en une seule phrase. Peut-être que l'ai-je sous-estimée. Si Chatounet était là, il déserterait pour aller chez Jessica, content d'être réuni avec d'autres animaux.

Un autre verre de vin est nécessaire pour disséquer toutes les couches de Mlle Jessica. Et un scalpel aussi. Bien qu'elle donne l'impression d'avoir côtoyé plus qu'assez de scalpels, si vous voyez ce que je veux dire.

Nous faisons tous – sauf Jessica – semblant qu'elle n'a pas dit ça, et nous poussons des *oooh* et des *aahhh* admiratifs devant les plats. J'ai de plus en plus l'impression que c'est un rencard, et Declan le confirme en prenant ma main et en la posant sur sa cuisse.

Oh oui. Je *sens* à quel point c'est un rencard.

— Depuis combien de temps est-ce que vous sortez ensemble ? demande Steve tout à coup. Il passe *vraiment* du coq-à-l'âne. La question s'adresse à Declan.

Et à lui seul.

—On ne sort pas ensemble…

— Depuis ce matin.

Nos voies résonnent à l'unisson. Vous pouvez aisément deviner qui a dit quoi.

Jessica grogne. Cela ressemble à un chaton qui éternue.

Je lance à Declan un regard qui signifie *À quoi tu joues ?* et Steve baisse les yeux vers les genoux de Declan, remarquant ma main qui rejoue sa propre version de la circumnavigation de Magellan – objets gros et ronds, tout ça tout ça.

Ce n'est pas si grave, mais sous la lumière tamisée, avec une tension si palpable entre nous quatre qu'elle pourrait alimenter une petite ville pendant une semaine, tout cela ne fait pas très professionnel.

Ce qui veut dire que je viens juste d'accomplir la prophétie de Steve à mon sujet.

Je ne sais tout bonnement pas me comporter correctement dans ce genre de situation.

En revanche, il peut se dire que je ne l'ai jamais tripoté sous la nappe d'un restaurant chic, alors que nous étions entourés de gros bonnets, mais je ne saurai jamais s'il le pense ; mon téléphone se met à vibrer.

Mon sac à main se trouve juste à côté de ma cuisse. Je sursaute donc, surprise. Ma main posée sur le genou de Declan heurte le dessous de la table et ricoche directement sur son genou si fort qu'il pousse un *outch* très inconfortable qui fait hausser le sourcil droit à Jessica et à Steve, tels des cyniques synchronisés. S'ils en faisaient un sport, ils seraient médaillés d'or.

— Désolée, murmuré-je en ouvrant mon sac à main et en me levant.

Mauvaise décision. Trois (ou quatre ?) verres de vin

ajoutés à des talons aiguilles ajoutés à mon ancien petit ami et sa potiche, et à un collègue de travail à l'attention excessive, si beau que je pourrais aspirer des shots d'alcool sur son nombril et faire passer ça pour de l'art auprès de la Bromfield Gallery égalent des vertiges.

La pièce se met à tourner et je m'affale sur ma chaise.

Sauf que ce n'est pas la mienne.

— Dîner d'affaires, hein ? fait Steve alors que Declan me serre contre lui sur ses genoux, frottant son nez contre mon cou, ses bras m'entourant moins par lascivité que pour s'assurer que je ne glisse pas par terre.

— Le dîner idéal, répond Declan sans le regarder.

Jessica prend une bouchée de son poisson et détourne le regard.

Bzzz. Mon téléphone n'arrête pas de vibrer. Je me lève de nouveau, la démarche plus assurée, et je leur demande de bien vouloir m'excuser, puis je m'éloigne aussi vite que je le peux. Heureusement, le restaurant est relativement vide. Personne pour remarquer mon allure vacillante.

Les toilettes des femmes sont au bout d'un couloir sombre éclairé par de fausses bougies. On dirait la cave à vins d'un monastère. L'effet est réussi. J'arrive devant les toilettes des femmes et je regarde mon téléphone. Amanda, bien sûr.

Tu as décroché le contrat ? demande-t-elle. *Et apporté des préservatifs ?*

Oui et oui, lui dis-je.

Quoi ? Bien sûr que j'ai apporté des préservatifs. Et neufs en plus, car cela fait si longtemps que j'ai acheté les autres qu'ils auraient tout aussi bien pu se désagréger. Je ne compte peut-être pas *coucher* avec Declan, mais je compte bien *être prête* juste au cas où.

C'est un peu comme acheter un billet de loterie. Vous ne pouvez gagner si vous ne jouez pas.

Et... ? écrit-elle.

Oui, lui dis-je, faisant exprès d'être mystérieuse.

De lui faire peur. Chatounet serait aux anges.

Oui à quoi ? écrit-elle.

On a décroché le contrat, expliqué-je. *L'autre point dépend de Steve.*

STEVE ? Tu en pinces toujours pour ce trou du cul ? Il faut qu'on te fasse exorciser, répond Amanda.

C'est vraiment dur de savoir ce qu'elle pense. Elle dissimule très bien ses émotions.

Steve est ici. À ma table.

Mon téléphone sonne tout à coup. Je réponds.

— Où es-tu et que fout Steve à ton rencard avec Declan ? dit-elle d'un ton sec.

— Dîner d'affaires, insisté-je.

— Tu apportes des préservatifs à tous tes dîners d'affaires ? Quand on a décroché le contrat avec l'association des dentistes, tu as vraiment apporté des préservatifs pour les dîners d'affaires avec le Dr Jorgensson ?

Le Dr Jorgensson est l'actuel président de l'association et il a presque quatre-vingt-dix ans. Il ressemble à un orque bien habillé. Il a une aide à domicile qui assiste à toutes nos réunions.

— Ouaip, dis-je. Même avec lui. On n'est jamais trop préparé.

— Pourquoi Steve est-il là ? Et en parlant de personnes

avec qui je coucherais avant de toucher à ton ex, le Dr Jorgensson est sacrément bien comparé à lui.

— Hé ! J'ai couché avec Steve, c'est vraiment insultant.

Silence.

Puis :

— Je préfère encore la poche de colostomie à cette espèce de…

Mon téléphone vibre. J'ai reçu un SMS.

— Je dois y aller. Mais on a décroché le contrat ! m'exclamé-je d'un ton surexcité.

— C'est génial, répond-elle, pas prête à me laisser partir. Mais qu'est-ce que STEVE fait là ?

— Avec son rencard *bzzzzz* –, ils ont surgi de nulle part.

— Où es-tu ?

Je lui dis.

Elle émet un petit sifflement.

— Declan va payer ce dîner plus cher que ta voiture.

— Je sais.

— Et Steve a amené… il a amené qui ?

— Une nana du nom de Jessica Coffin. Style Barbie de Boston.

— Jessica Coffin ? Amanda prononce son nom comme si j'étais censée savoir qui elle est. Oh mon Dieu. Steve essaie de pêcher de gros poissons.

— Eh bien, visiblement elle pense que son poisson à lui est tout petit.

— Quoi ?

— Oublie ça. *Bzzz.* Je dois vraiment y aller.

— Appelle-moi ou envoie-moi un SMS quand tu peux ! me dit Amanda.

— Annonce la bonne nouvelle à Greg !

— Et amuse-toi. Lâche-toi. Sois sauvage, Shannon. Il est temps.

Clic. Je lis mes SMS. C'est Steve :

Je pense que le destin t'a fait venir ici ce soir.

Oh mon Dieu.

CHAPITRE 12

Puis il écrit :

Je ne t'ai jamais vue aussi pleine de vie. Aux commandes. Totalement posée et professionnelle. Je veux juste que tu saches que je suis fier de toi.

Hein ? Le type a passé deux jours entiers de conférence à me réprimander pour avoir utilisé la mauvaise fourchette au dîner et maintenant il me sort ça ?

Shannon ? Il me renvoie un SMS sans attendre, comme si ces quelques secondes d'attente étaient bien trop longues à son goût. Il s'attend à que je lui saute dessus comme un chien impatient d'avoir son os.

Je réponds :

Contente de te voir, aussi, Steve. Jessica a l'air d'être une femme formidable.

J'ai envie de vomir.

Je reçois un autre SMS, d'un numéro inconnu.

J'ai froid à la cuisse. J'ai besoin de ta main pour la garder au chaud.

Je réponds :

Désolée, chéri ! Je suis à un dîner d'affaires. Les enfants doivent prendre un bain et il faut signer les devoirs de Johnny. Je rentrerai tard ! <3

Puis je regrette aussitôt. Cela me semblait drôle lorsque je l'ai écrit, mais à présent, alors que les nanosecondes s'étirent en une longue éternité, je lorgne vers la sortie et me demande si je peux vraiment marcher aussi loin avec quatre verres de vin dans le nez (ouaip, j'en ai clairement bu quatre) et un cœur en mode saut à l'élastique, qui s'étire de presque deux cents mètres à chaque montée d'adrénaline.

Très bien, répond Declan. *J'aime aussi les jeux de rôles. Que dirais-tu de t'enrouler dans du film étirable ? Je passerais prendre un kilo de fraises recouvertes de chocolat et nous verrons ce qu'on peut en faire une fois que les enfants seront couchés ?*

Du chocolat noir ou au lait ? demandé-je, le cœur à présent attaché à l'arrière de la moto d'Evel Knievel lors d'un saut.

Il n'y a qu'une seule bonne réponse. Silence.

Silence.

Silence.

Les deux, répond-il.

— Et il marque ! soufflé-je, tel un commentateur de football italien, mais à voix basse.

— Tout va bien, mademoiselle ?

Un serveur passe devant moi, me regardant en fronçant les sourcils, d'un air inquiet.

Je désigne l'écran de mon téléphone.

— Je réagis simplement à un SMS du boulot. J'ai

remporté un contrat que j'attendais de décrocher depuis très longtemps.

Il sourit et s'éloigne.

Je baisse les yeux et trouve un nouveau SMS de Steve :

Ça te dirait d'aller dîner demain soir ? J'aimerais rattraper le temps perdu.

Je ne veux pas répondre à cette question, alors je m'appuie contre le parement en chêne du mur et je prends une profonde respiration.

— Depuis combien de temps ? demande la chaude voix de baryton d'un (quasi) milliardaire. Declan vient d'apparaître, le désir brûlant dans ses yeux.

— Depuis combien de temps quoi ?

Mon imagination débordante pense directement à des choses érotiques. Vilaine fille. Vilaine, vilaine fille…

— Depuis combien de temps attends-tu de décrocher un contrat… répète Declan, réduisant l'espace entre nous par sa seule volonté.

Je ne le vois pas bouger, et l'instant d'après, son corps chaud se retrouve à palpiter contre le mien.

— … comme ça ?

Ses lèvres ont le goût de raisin et d'espoir. Pleines et respectueuses, elles rencontrent les miennes en un délicieux contact qui me donne envie de plus. Il m'embrasse passionnément. Son corps épouse chaque centimètre du mien, de la cuisse à l'épaule. Sa main s'enfonce dans mes cheveux détachés, saisissant ma nuque comme si je m'apprêtais à tomber.

Il passe l'autre main autour de ma taille, posée sur ma hanche.

L'instinct me pousse à l'enlacer. Je glisse les bras sous

la douce laine de sa veste pour y trouver du coton aussi finement tissé que de la soie. Mes doigts glissent dessus. Il écarte mes jambes de son genou en me plaquant contre le mur. Nous parcourons le moindre recoin de nos corps que nous pouvons toucher en public sans être accusés de crime.

La sensation de sa joue contre la mienne, ses mains sur tout mon corps, ses grognements se mêlant à mes soupirs me transportent. Rien d'autre ne compte. Personne d'autre n'existe. Quelle folle journée ! Je repense à notre rencontre, puis à notre réunion et à ce dîner d'affaires…

Il est clair que là, nos petites affaires vont bon train.

Je romps le baiser et croise son regard. Je veux voir si c'est bien réel. *Réel.* Pas le fruit de mon imagination. Pas tiré d'un livre et transposé à ma vie. Que Declan ne m'embrasse pas par pitié, ou pour une simple partie de jambes en l'air, ou pour n'importe quel motif qu'un homme peut avoir, en raison de ses bas instincts. Je ne veux pas qu'il me considère comme un objet.

Mais ce que je vois dans ses yeux reflète ce que je ressens. Puis, c'est moi qui l'embrasse, savourant la chaleur de cette révélation torride, car je sais que quelque chose de vraiment unique – de nature à changer nos vies – se passe entre nous, alimenté par cet échange passionné.

Notre étreinte est si forte, si ferme, sa bouche dominante et fougueuse… Nos langues communiquent avec la même ferveur que ses doigts, tout à l'heure, mais avec plus d'empressement et tellement plus de passion que nous risquerions de briser le mur en nous appuyant dessus un peu plus.

— Shannon, murmure-t-il en s'écartant.

Sa bouche me manque immédiatement. Il regarde ma poitrine.

— J'ai écrasé ton petit bouquet.

Ce n'est pas la seule raison pour laquelle il regarde ma poitrine.

Je ris. C'est un bruit rauque de ravissement, si authentique que mon esprit donne l'impression d'être vide. Je ressens une lucidité qui semble irréelle, alors même qu'elle s'empare de moi. J'ouvre la bouche et laisse éclater une joie pure :

— Tu es le cavalier rêvé pour un bal de promo.

Il baisse la tête et nos fronts se touchent. Je lis l'approbation dans ses yeux. Il m'adresse un sourire authentique. Nous devons ressembler à de parfaits idiots, et l'idée qu'il s'agit d'un dîner d'affaires est passée à la trappe depuis longtemps. En fait, je pense que cette idée a été *évacuée* dès le début.

— Qu'est-ce qui t'a poussée à m'embrasser ? demande-t-il d'une voix grave qui résonne comme une promesse de petit déjeuner au lit.

— C'est toi qui m'as embrassée ! rétorqué-je, mes mains sur ses épaules à présent.

Je le frappe légèrement d'une main.

— Pourquoi ? insiste-t-il.

Je comprends qu'il ne me laissera pas m'en tirer à si bon compte. Mon téléphone vibre à tout va et j'imagine que Steve s'apprête à envoyer une équipe à notre recherche. Et alors ? Qui s'en soucie ?

Je lève les yeux. Seuls quelques centimètres nous séparent. Je vois ses yeux changer. Il est plus grand que moi, avec ses bras protecteurs, et il me veut. Il me *veut*. Il ne me *désire* pas seulement, il ne m'*apprécie* pas seulement. Il me veut. Il en meurt d'envie. Je suis irrésistible, et la partie de moi qui trouve cela risible reste bouche bée, comprenant qu'elle a eu *tout* faux pendant toutes ces années.

Je ferme les yeux et soupire.

— Tu m'as convaincue à « les deux ».

;)

SI VOUS AVEZ AIMÉ DÉCOUVRIR LA RELATION NAISSANTE entre Shannon et Declan, poursuivez avec

Un Milliardaire sinon rien – tome 2, le prochain roman court de la série !

REMERCIEMENTS

Mes sincères remerciement à ma merveilleuse amie, Olivia Rigal, sans laquelle mes traductions françaises n'auraient pas vu le jour.

Si vous n'avez pas lu ses livres, vous passez à coté de quelque chose et, si vous n'êtes pas son amie, vous ratez véritablement quelque chose.

J'ai apprécié son aide, son humour, son enthousiasme et son soutien.

Auteur sur la liste des Meilleures Ventes du New York Times et d'USA Today, Julia Kent s'est tournée vers l'écriture de romances contemporaines après avoir décidé que la vie était trop courte pour ne pas prendre de plaisir. Elle écrit des comédies romantiques avec quelque chose en plus, et des livres pour adultes qui repoussent les frontières contemporaines. Que ce soit des millionnaires, des femmes bien en chair ou des rock stars, Julia trouve un bonheur loufoque et sensuel dans chaque livre qu'elle écrit, mais à la différence de Trevor dans Actes Aléatoires de Démence, elle n'a jamais embrassé de poulet.

Elle adore avoir l'avis de ses lecteurs par email à jkentauthor@gmail.com,

sur Twitter @jkentauthor,

et sur Facebook https://www.facebook.com/jkentauthor

Visitez son site internet http://www.jkentauthor.com

Inscrivez-vous à ma newsletter pour tout savoir des parutions et des promotions, sur https://geni.us/FRJKnl